KB261538

거멀라가 자이,
꽃을 보며 기다려 다오

고즈원은 좋은책을 읽는 독자를 섬깁니다.
당신을 닮은 좋은책—고즈원

거멀라마 자이,
꽃을 보며 기다려 다오
신명직 지음

1판 1쇄 발행 | 2010. 2. 18.
1판 3쇄 발행 | 2011. 12. 16.

발행처 | 고즈원
발행인 | 고세규
신고번호 | 제313-2004-00095호
신고일자 | 2004. 4. 21.
(121-896) 서울특별시 마포구 동교로13길 34(서교동 474-13)
전화 02)325-5676 팩시밀리 02)333-5980
홈페이지 godswin.com

값은 표지에 있습니다.
ISBN 978-89-92975-32-2

고즈원은 항상 책을 읽는 독자의 기쁨을 생각합니다.
고즈원은 좋은책이 독자에게 행복을 전한다고 믿습니다.

거멀라마 자이,
꽃을 보며 기다려 다오

네팔의 어린 노동자들을 찾아 떠난 여행

신명직 지음

고즈윈
God'sWin

일러두기

1988년 고시된 한글 맞춤법에 따르면 '난장이'가 아니라 '난쟁이'가 올바른 표현이나,
여기서는 1978년 단행본으로 출간된 조세희 作『난장이가 쏘아올린 작은 공』에 등장하는
'난장이'의 함의로 사용되었으므로, 저자의 의도를 존중하여 그대로 두었음을 밝힌다.

윤동주 시비 뒤쪽에 있던 「연세춘추」 편집부에서 이 책을 쓴 이와 처음 만난 것은 1980년 이른바 '서울의 봄' 시절쯤이었던 것 같다. 당시 「연세춘추」 편집국장으로 무척이나 뜨거웠던 그에게 몇 가지 조언을 해 주었던 기억이 나는데, 이 책을 읽으며 그가 쉰이 넘도록 그때의 열정을 여전히 간직하고 있는 것 같아 반가웠다. 「연세춘추」 시절 이후 조세희의 소설 『난장이가 쏘아올린 작은 공』에 나오는 '난장이의 벗' 지섭과 같은 삶을 살고자 했고, 또 그렇게 살아온 그가 일본으로 갔다는 얘기를 듣긴 했지만, 그곳에서 네팔의 난장이들을 생각하고 있다는 얘기를 들은 것은 아주 최근이다.

어느덧 그는 동아시아의 난장이들 곁에 선 지섭이 되어 있었다. "국경선을 걸어 내자 무수히 많은 전태일이 내 안으로 뚜벅뚜벅 걸어 들어왔다."는 표현에서 그가 이미 '동아시아 시민'임을 엿볼 수 있었다. 1970년대 초 전태일의 죽음이 임박했던 바르 그 시간이 '지금—동아시아의 시간'임을 그는 지적하고 있었다.

우리의 모든 일용할 양식들이 동아시아 시민들에 의해 만들어지고 있다는 것, 또한 이들에 대한 감사와 경의가 왜 필요한지를 이 책은 일러 준다. 농부들이 흘린 땀에 대해 식사하기 전이면 늘 감사하는 마음으로 살아왔지만, 이젠 옷을 입을 때나, 글을 쓸 때, 혹은 잠자리에 들 때에도 나의 일상을 준비해 준 동아시아의 모든 분들께 감사의 마음을 표해야만 할 것 같다.

이 책은 동아시아 시민들 가운데 특히 동아시아 여러 지역에서 이주해 온 사람들에 주목하고 있다. 이들에게 늘 미안한 마음과 함께 필요하다면 무엇이든 건네주어야겠다고 나 또한 생각해 왔었는데, 그는 그건 단지 드러난 상처에 소독약을 바르는 것과 같은 임시 처방책에 불과하다고 한다. 아이들이 왜 시골 마을을 버리고 큰 도회지로 떠나야만 했는지, 그 아이들이 성장하여 왜 그 도시를 떠나 또다시 한국으로 일본으로 떠나야만 하는지를 밝혀

내야만 한다는 것이다. 시골 마을에서 대도시로, 또다시 해외 도시로 이주하는 악순환의 고리를 근원적으로 해결하지 않으면 안된다는 것이 그의 생각인 것 같다.

카트만두의 가장 맛있고 값싼 식당 '작은 별'에 나오는 사람들의 모습이 특히 인상적이었다. 농촌 봉사 활동을 하겠다며 카트만두로 들어온 한국의 대학생, 한국에서 일하고 돌아온 네팔 사람이 운영하는 '새벽을 여는 집'에서 볼런티어를 하겠다는 또 다른 한국의 대학생이 먼저 눈에 들어왔다. 적은 돈으로 아이들에게 잠잘 곳과 먹을 것을 제공해 주고 있던 '달 뜨는 집'의 벨기에 청년과, 그를 찾아 방학을 이용해 볼런티어를 하러 온 벨기에 대학생들, 한편 산재를 입힌 나라 한국의 말을 네팔 사람들에게 가르치는 이까지… 작은 별들, 난장이가 쏘아 올린 작은 별들이 그들의 어깨 위로 쏟아져 내려오는 것만 같아 보기 좋았다.

그는 기다려 달라고… 다시 가겠노라고, '동아시아이주공생영화제’란 작은 모종을 들고 다시 그곳을 찾아가겠다고 했다. 해외 생산자를 우선시하는 ‘공정무역’이나, 국내 소비자를 보다 우선시해 온 ‘생협’과 달리, 양쪽을 모두 만족시키겠다는 ‘공생무역’이라는 표현이 특히 마음에 든다. 올봄 나도 네팔로, 필리핀으로 ‘공생무역’을 위한 나들이를 준비해야만 하는 걸까.

이 책의 또 다른 덕목이라면, 조금은 무거울 수 있는 이야기들을 아름다운 사진과 영상을 함께 준비해, 무거움을 아름다움으로 바꾸어 낸 것 아닐까 싶다. 책을 덮은 뒤에도 벽 속에 몸을 숨긴 채 커다란 눈망울만 껌뻑이는 아이의 모습이 계속 내 머리를 맴돈다. 아름다운 사진과 영상 속 아이들 모습에 눈이 시리다.

말로만이 아닌, 몸과 마음으로 느끼고 실천하려는 진정성, 동아시아 시민으로서의 진정성이 뜨겁게 느껴지는 책이다.

고도원 (‘고도원의 아침편지’ 주인장)

차 례

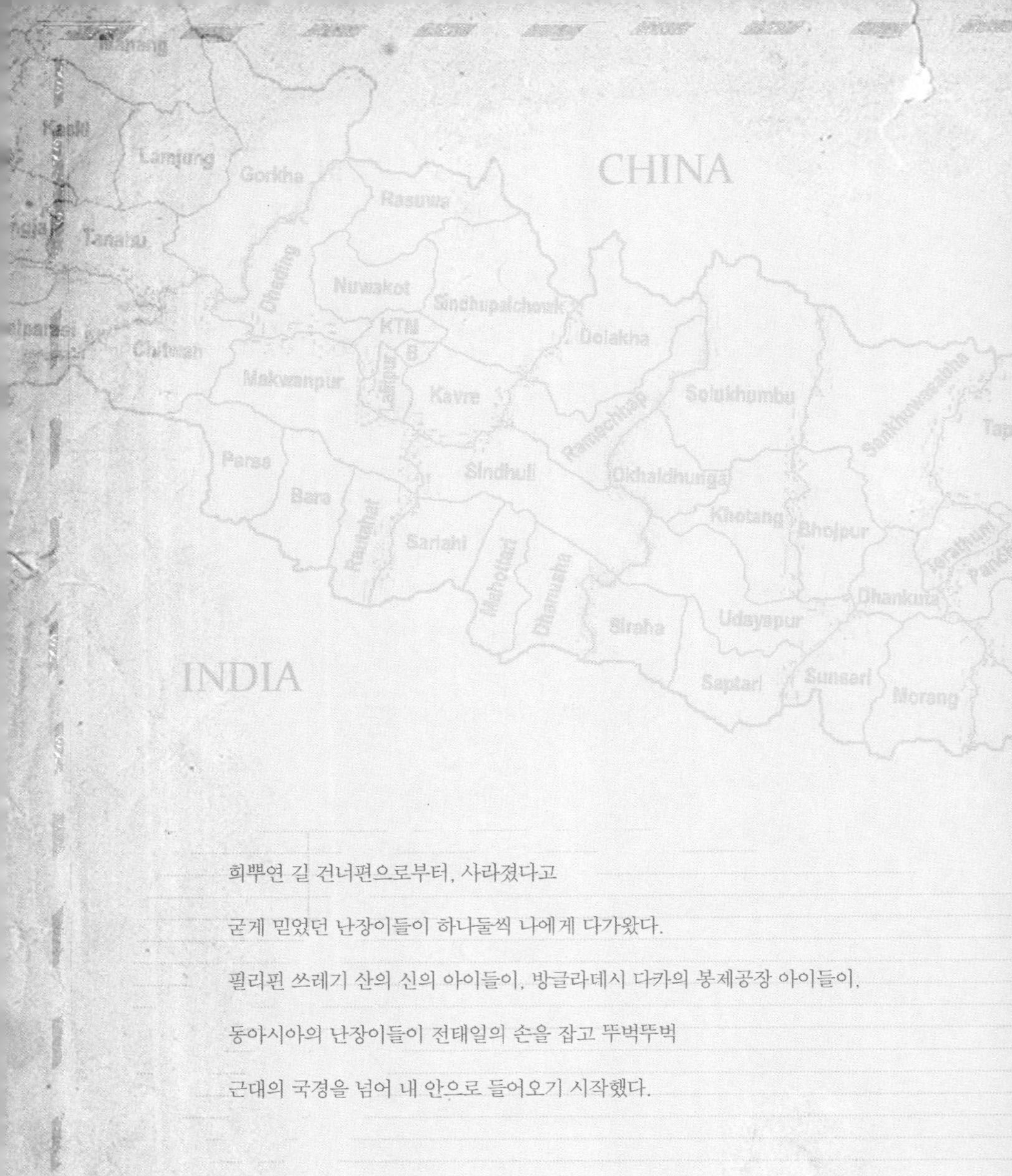

희뿌연 길 건너편으로부터, 사라졌다고

굳게 믿었던 난장이들이 하나둘씩 나에게 다가왔다.

필리핀 쓰레기 산의 신의 아이들이, 방글라데시 다카의 봉제공장 아이들이,

동아시아의 난장이들이 전태일의 손을 잡고 뚜벅뚜벅

근대의 국경을 넘어 내 안으로 들어오기 시작했다.

동아시아의
난장이 속으로

　무척 길었다고 생각했는데 곰곰이 따져 봤더니 내가 난장이의 벗 지섭과 같은 삶을 살았던 기간이 그리 길지 않았다. 경인선 언저리에 10년의 청춘을 걸었다며 종종 술자리에서 호기 좋게 떠들곤 했지만, 그곳을 떠난 지 벌써 15년의 세월이 흘러 있었다.

　난장이 마을을 벗어나 대학원으로 자리를 옮긴 뒤, 난 '존재가 의식을 결정한다.'는 명제 대신 '세상은 인식하는 만큼 존재한다.'는 명제에 끌렸고, 무엇을 '희망'하기 보단 대상을 '해체'하기에 바빴던 것 같다.

　사실 그동안 무척 우울했다. 길을 찾을 수 없었기 때문이다. "이제 난장이는 없어."라며 난장이 마을을 빠져나와, 위풍당당 새로운 길을 찾아 떠났지만 아무리 해도 길이 보이지 않았다. 내가 그

곳을 빠져나온 건 1990년대 초, 그러니까 몇몇 난장이들이 골리앗(조선소의 대형 크레인)에 올라가고 나서 그들의 키가 점점 커져 골리앗만 해지기 시작할 무렵이었다. 난장이가 전혀 없을까마는, 그건 아무래도 정치권으로 진출한 지섭들과 무수히 생겨난 인권변호사들의 몫일 듯했다. 내가 고민했던 것은 소수자가 아닌 다수자 난장이였다.

그러던 어느 날, 이미 골리앗처럼 변해 버린 한국의 대기업 노동자들이 아닌, 정말로 키가 작은 난장이를 발견했는데 놀랍게도 그는 파키스탄에 살고 있었다. 고사리 같은 손으로 카펫을 만들었고, 아동노동을 전 세계에 폭로하다 카펫마피아의 손에 죽은 아이 '이크발 마시흐'의 소식은 정말이지 충격이었다.

희뿌연 길 건너편으로부터, 사라졌다고 굳게 믿었던 난장이들이 하나둘씩 나에게 다가왔다. 필리핀 쓰레기 산의 '신의 아이들'이, 방글라데시 다카의 봉제공장 아이들이, 동아시아의 난장이들이 전태일의 손을 잡고 뚜벅뚜벅 근대의 국경을 넘어 내 안으로 들어오기 시작했다. 21세기의 난장이들, 위로부터의 글로벌이란 자장 속에서 배양되고 탈근대라는 수식어를 단 동아시아의 다수자들이 비로소 내 눈앞에 나타나기 시작한 것이다.

이크발 마시흐를 찾아 떠나기로 했다. 그런데 이크발 마시흐가 살던 파키스탄의 정세가 몹시 불안해 방향을 네팔로 틀 수밖에 없

MONEY
EXCHANGE
Govt. Autho

었다. 난장이 이크발 마시흐란 파키스탄의 이크발 마시흐만을 지칭하는 건 아니어서 국경과 국적 같은 것은 문제 될 게 없었다. 몇 해 동안 줄곧 머릿속에서만 맴돌던 일을 실천에 옮길 수 있어 무척 기뻤다.

❀ ❀ ❀

네팔의 난장이들을 가장 압축적으로 보여 주는 장소는 아마도 카트만두의 뉴버스터미널일지 모른다. 산골 마을에서 밤새 버스를 타고 온 아이들이 새벽바람을 맞으며 눈을 비비면서 내려서는 곳. 그곳은 '도시 아동노동'의 유입 창구이자 '이주노동'의 원점이라 할 수 있다.

네팔의 이크발 마시흐들은 더 이상 카펫을 만들지 않았다. 하지만 아이들은 변함없이 뉴버스터미널을 통해 카트만두로 공급되고 있었고, 서유럽 소비자들의 반발이 거센 카펫 아동노동을 제외한 그 밖의 아동노동 역시 여전히 진행 중이었다. '망치 대신 아이들에게 펜과 노트를!'이라는 구호는, 아이들을 둘러싼 구조가 근본적으로 바뀌지 않는 한 사실상 허망한 것이었다.

그런데 산골 아이들은 그토록 힘들고 고통스런 노동이 기다리는 카트만두로 왜 가려 했던 것일까. 그 아이들을 아동노동의 중심지인 카트만두로 끌어올리는 동력이 무엇일지 궁금했다. 네팔을 떠나기 직전 카트만두 인근의 산골 마을 나가르코트에 들를 수 있었는데, 깊은 산속인 그곳에서조차 레스토랑 벽면을 가득 채운 붉은 코카콜라 광고를 보며 아이들이 왜 카트만두로 몰려들었는지를 조금은 이해할 수 있었다.

곳곳에 들어선 삼성과 엘지의 텔레비전 입간판들은 또 어땠을까. 채석장 아이들이 다듬어 낸 작은 돌로 네팔 산골 마을에 작은 신작로가 생겨나면, 도시에 먼저 진출한 버스 검표원 아이들의 가이드를 받으며 산골 아이들은 자신들의 마을엔 없는 그 무언가를 기대하고서 하나둘씩 카트만두로 들어섰을 것이다.

'이주'는 물론 카트만두가 종점이 아니다. 카트만두에 사는 그 아이들의 형 혹은 언니뻘 되는 이들은 야마하나 혼다 오토바이를 머릿속에 그리며, 중동의 도하나 서울 혹은 도쿄 같은 해외 도시로의 이주를 꿈꾼다.

지구상 어디에도, 네팔 어디에도, 산골 마을 공동체를 그대로 간직한 '오래된 현재'는 존재하지 않았다. '국경을 넘어선 근대' 혹은 '위로부터의 글로벌'한 공세는 네팔이라고 예외는 아니어서 산골 마을에서 도시로, 다시 해외 도시로 근대국가의 국경을 넘어 이주는 꼬리를 물고 반복되었다.

네팔의 난장이 이크발 마시호들은 산골 마을의 빈곤이 지겨워

CCESS
Rs. 20/HOUR
Rs. 1/MINUTES
HONE-FAX
RELAXING ROOF TOP
RESTAURANT
(MIDDLE-EASTERN FOOD)
2K
Exchange
Pvt. Ltd.
THE
LAUNDRY
SERVICE
Bakery
PUMPERNICKEL
Garden - Cafe
THE CITY
DURBAR MARG, KTM
TEL. 43 7006
Delima Garden Cafe
SAATGHUMTI, THAMEL
TEL: 430717
PO BOX 11452
THANK YOU

서, 그들의 형과 누이들은 카트만두의 빈곤이 지겨워서 보다 많은 근대의 상품들을 갖춘 도시로 각각의 발걸음을 옮기지만, 정작 그들을 기다리는 것은 위험하면서도 값싼 전근대적인 노동이었다. 산골 마을에서 카트만두로, 카트만두에서 해외 도시로 이어지는 네팔 난장이들의 뫼비우스의 띠는 영원히 지속될 것만 같았다.

❀ ❀ ❀

카트만두로부터 조금 떨어진 마을에서 우물을 파고, 공중 화장실을 만들고, 네팔인들에게 미싱 기술을 가르치는 사람들을 만났다. 한국에서 이주노동자로 일한 적이 있는 네팔 사람과 이들의 활동을 지원하는 한국 사람들이었다.

그곳에서 농촌활동(농활)을 위해 네팔을 찾은 한국 대학생들도 만날 수 있었다. 성과보다는 상처가 더 커 보였지만, 난장이 마을을 찾아 국경 너머로 새롭게 길을 떠난 지섭을 만난 것 같아 무척 반가웠다.

일하는 아이들의 셸터(피난처)를 카트만두에서 운영하는 벨기에 친구도 있었다. 빈곤을 해결하지 못하는 한, 그리하여 아이들의 카트만두로의 이주를 막을 수 없는 한, 아이들이 도심에서 편하게 쉴 수 있고 보호받을 수 있는 공간이라도 만들자는 뜻에서였다.

이들의 꿈처럼 산골 마을을 사람이 살 만한 넉넉한 곳으로 만들 수 있다면, 아이들은 더 이상 카트만두의 이크발 마시흐가 되려고 길을 떠나지 않을 것이다. 그리고 카트만두를 네팔의 이크발 마시흐들이 살기에 푸근한 곳으로 만들어 낼 수만 있다면, 난장이들은 더 이상 '머던'이 되어 해외 도시를 전전하지 않을지 모른다.

위로부터의 글로벌이 진행되면서 만들어진 영원한 난장이의 길인 뫼비우스의 띠의 매듭을 차근차근 풀어 가는 사람들. 사람이 살 만한 난장이들의 마을을 만들기 위해 아래로부터의 글로벌을 꿈꾸며 이를 실천해 가는 난장이의 벗 지섭들이 무척 아름다워 보였다.

며칠 전 처음으로 '히말라야의 선물'이란 커피를 맛볼 수 있었다. 오랜 왕정과 긴 내전의 터널을 막 통과한 네팔이 주는 선물이어서 그런지 무척 향이 괜찮았다. '스톱 크랙다운(강제추방 반대)'이라는 이주노동자 밴드의 네팔 출신 리드싱어 미누 씨는 작년 서울아트시네마에서 열린 이주노동자영화제에서 「월급날」이라는 뮤직 비디오를 선보인 바 있다. '미등록' 노동자가 음악 앨범을 세상에 '등록'시킨 셈이다. 그러고 보면 커피에서 뮤직 비디오에 이르기까지 네팔은 이미 우리들 일상의 깊은 곳에서 숨 쉬고 있었다. 심각한 포즈를 취하지 않고도 국경 너머 난장이들과 함께 호흡할 수 있을 것 같았다.

이 글 속의 지섭들 역시 전혀 심각하지 않다. 1970~1980년대 농활이나 야학을 고민하던 이들이 철저히 국경선 내부만을 그것도 비장한 표정으로 고민했던 더 비해, 2000년대의 이들은 국경을 가볍게 뛰어넘고 곧바로 농활과 야학에 돌입한다. 위로부터의 글로벌에 맞선 공정公正·공생共生 무역과 국경을 넘은 사회적 기업들도 이제 닻을 올리기 시작했다. 아래로부터의 글로벌을 향한 항해를 시작한 셈이다.

나는 네팔의 난장이뿐 아니라 동아시아 모든 난장이들과의 '아래로부터의 연대'를 모색하는 계기가 되었으면 하는 마음에서 이 글을 쓴다. 경기도의 어느 마을 사람들이 네팔의 한 산골 마을 보통 사람들과 손을 잡고, 일본 규슈의 보통 사람들이 필리핀 루손

의 어느 바다 마을 사람들과 손을 잡는 꿈. 그리하여 네팔의 산골 마을 아이들이 더 이상 카트만두에서의 아동노동을 꿈꾸지 않아도 되고, 필리핀의 바다 마을 사람들이 규슈로의 결혼이주를 꿈꾸지 않아도 될 만한 세상을 만드는 꿈은 과연 불가능한 걸까. 동아시아의 북쪽 마을과 남쪽 마을이 손을 맞잡은, 난장이와 지섭이 국경을 넘어 손을 맞잡은 '아래로부터의 글로벌' 세상을 꿈꾸며 두근두근 이 글을 쓴다.

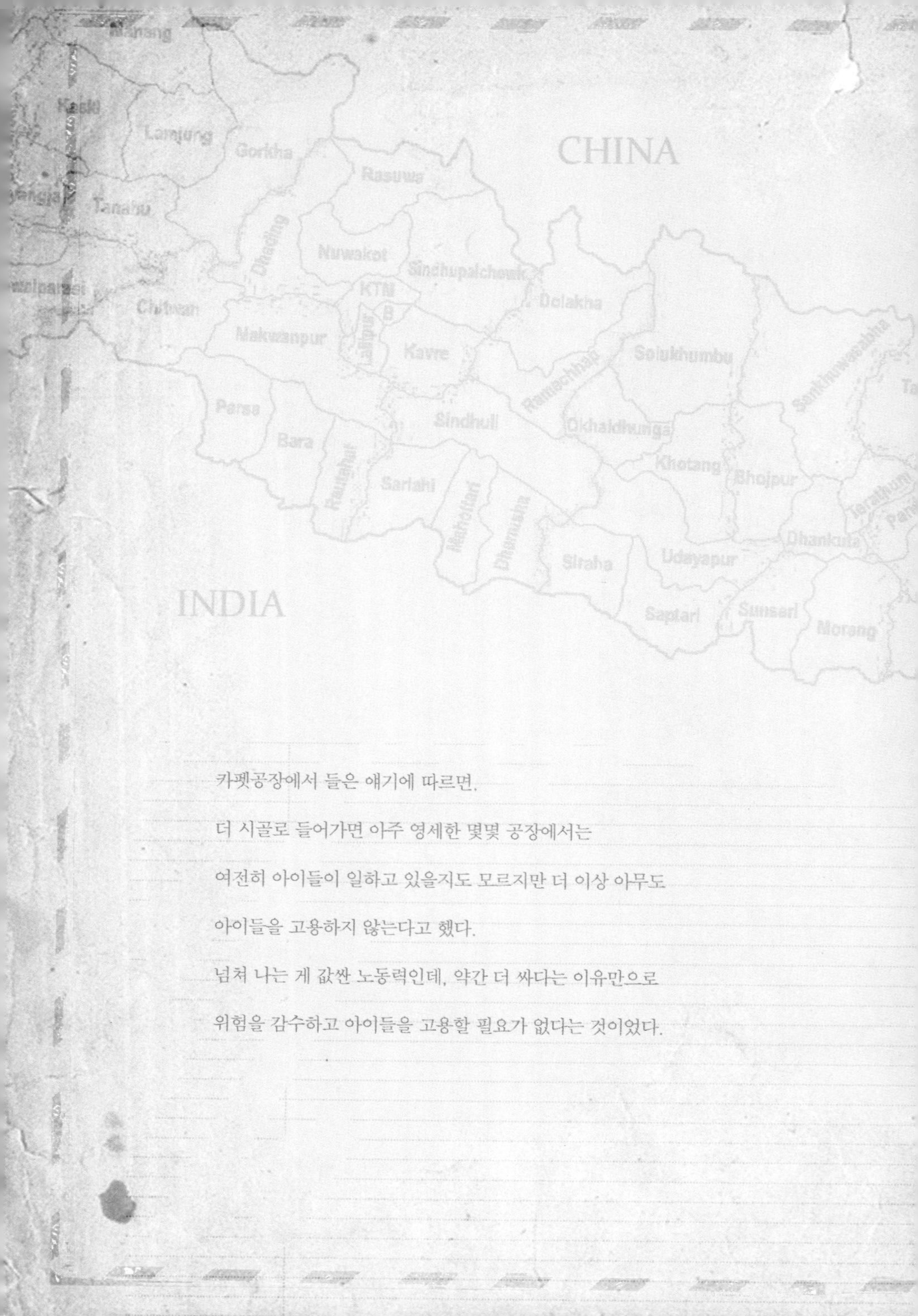

카펫공장에서 들은 얘기에 따르면,

더 시골로 들어가면 아주 영세한 몇몇 공장에서는

여전히 아이들이 일하고 있을지도 모르지만 더 이상 아무도

아이들을 고용하지 않는다고 했다.

넘쳐 나는 게 값싼 노동력인데, 약간 더 싸다는 이유만으로

위험을 감수하고 아이들을 고용할 필요가 없다는 것이었다.

아동노동과
빈곤의 방정식

도쿄 나리타 공항에서 타이항공을 타고, 늦은 밤 비행기 밑으로 펼쳐지는 요코하마 항구의 불빛을 바라보던 기억이 새롭다. 그 아름다운 불빛들…… 너무나도 아름다운 저 '근대'의 불빛을 만들어 내기 위해 어쩌면 이크발 마시흐가 죽어 간 건지 모르겠다는 생각이 들었다. 전혀 알아들을 수 없는 타이 말 때문이었을까. 갑자기 피로가 몰려왔다. 타이 맥주 싱하를 청해 단숨에 들이켠 뒤, 깊은 잠에 빠져들었다.

타이항공을 타고 카트만두로 들어가기 위해선 방콕에서 하룻밤을 지내야 했는데, 아는 태국 말이라곤 '싱하'밖에 없는지라 방콕에 내리자 덜컥 겁이 나기 시작했다. 비싼 숙소로 가긴 그렇고 한 푼이라도 아껴야 한다는 생각에 가장 싼 숙박소를 찾았는데, 걱정

MAX-1 ผลิต รับอัดรูป

했던 것과는 달리 작은 연못까지 딸린 공항 부근의 깨끗한 방갈로를 잡을 수 있었다.

공항 인근의 시골 동네라 아침 풍경도 이것저것 볼만했다. 그중 가장 인상적이었던 것은 '오토바이 택시'였다. 출근하는 스커트 유니폼 차림의 여성을 태우려고 아침에 오토바이 택시들이 줄지어 서 있는 모습도 그랬지만, 그 여성들이 오토바이 뒷좌석어 비스듬히 올라타 다리를 옆으로 한 채 오토바이 기사 허리를 잡을 듯 말 듯 하고선 달리는 모습이 무척 아슬아슬했다. 최첨단 승용차와 오토바이 택시가 공존하는 방콕. '포스트모던'한 최첨단 승용차가 '얼치기 모던'한 오토바이 택시를 호명해 낸 것일지도 모른다는 생각이 들었다. 방콕의 오토바이 택시와 서울의 오토바이 택배 네트워크가 렉서스와 그랜저의 네트워크를 떠받치고 있음이 분명했다.

❁ ❁ ❁

박찬욱 감독은 '네팔'을 '끝나지 않을 평화와 사랑Never Ending Peace And Love'으로 표현한 적이 있다. 네팔의 아름다운 자연 때문이 아닐까 싶다. 네팔 출신의 이주노동자 찬드라가 한국에서의 6년 반에 걸친 정신병원 생활을 마치고 네팔의 아름다운 산골 마을로 돌아가자, 영화는 비로소 흑백 톤을 접고 컬러 톤으로 변해 갔었다.

네팔의 산골 마을은 정말이지 아름답다. 떠나오기 전에 잠깐 들렀던 나가르코트의 아침은 무어라 표현할 수 없을 만큼 아름답고 황홀했다. 그러나 네팔의 모든 것이 '컬러'일까. 박찬욱 감독의 영화를 보면서 실제로 그 점이 제일 마음에 걸렸다. 한국을 '흑백'으로 네팔을 '컬러'로 설정한 이면에 놓인, '히말라야가 있는 신비스러운 네팔'이라는 선입견, 곧 '또 다른 오리엔탈리즘'이 느껴졌기 때문이다. 한국이 네팔보다 더 참담한 흑백의 세계였다면 찬드라는 아마도 그곳을 떠나지 않았을지 모른다.

네팔을 다녀온 사람들이라면 거의 대다수가 네팔의 아름다운 산과 풍광 이야기를 늘어놓기에 여념이 없다. 하지만 카트만두의 교통경찰이 쓰고 있던 매연 마스크와, 카트만두를 가로지르는 강 위로 끊임없이 버려지던 쓰레기 더미는 어떻게 설명되어야 할까. 그들은 '사람'들을 보고 온 것이 아닐지 모른다는 생각이 들었다.

'컬러'의 자연이 아닌 '흑백'의 사람들. 무수히 많은 네팔의 난장이들이 나를 불렀고, 그렇게 나는 카트만두 공항에 도착했다.

공항 게이트를 막 빠져나올 때의 일이다. 나는 스틸 카메라와 비디오카메라를 한꺼번에 도둑맞는 줄 알았다. 갑자기 전혀 알지도 못하는 네팔 사람들이 내 짐을 낚아채 갔기 때문이다. 무척 당황

했지만 실은 호텔 종업원의 친구들이 시키지도 않은 포터를 자청한 뒤 나에게 손을 내민 것이었다. 당혹스러운 '실업'. 네팔의 첫인상은 1달러의 포터 비용을 벌기 위해 줄지어 선 난장이들의 실업으로 다가왔다. 전혀 예상치 못한 일이었다.

나를 태운 차는 공항을 빠져나와 버스 터미널 앞을 스쳐 지나갔다. 이쪽을 응시하는 많은 움푹 팬 눈초리들. 문득 어떤 무섬증 같은 것이 휙 하니 몸 전체를 더듬고 지나갔다.

❀ ❀ ❀

숙소인 빌라 에베레스트는 왕궁이 그리 멀지 않은 외국인들 밀집 지역 카멜의 한쪽 구석에 있었다. 한국 사람들을 주 고객으로 운영하는 호텔이라 주인은 한국말도 꽤 잘했고, 좀 비싸긴 했지만 한국 음식도 주문할 수

있었다. 주인은 셰르파족 출신으로, 히말라야 한국 등반대원들과 무척 절친한 듯 보였다. 샤워실의 물이 잘 빠져 내려가지 않는 것 이외에 별로 불편한 점은 없었다.

경제정의실천불교시민연합(경불련)의 한 지인의 소개로 네팔에

서 나를 안내해 줄 반쟈데 씨를 만날 수 있었다. 훤칠한 키에, 움푹 들어간 눈, 서글서글한 웃음을 지닌 사람이었다. 반쟈데 씨는 예전에 한국에서 이주노동자로 일한 적이 있다고 했다. 이주노동자로 일한 인연이 네팔 동행으로까지 연결된 셈이다.

만나자마자 난 제일 먼저 네팔의 '카펫' 공장엘 가 보고 싶다고 했다. 파키스탄이 아닌 네팔의 이크발 마시흐는 어떤 모습을 하고 있을지 궁금했다.

처음으로 템포를 탔다. 템포란 작은 삼륜차로, 삼륜차의 짐칸 쪽을 사람이 탈 수 있게 개조한 일종의 미니버스다. 그 템포를 타고 시내에서 한참을 달려 반쟈데 씨와 함께 도착한 곳은, 카트만두 교외 좀 한적한 곳의 커다란 카펫단지었다. 나중에 알게 된 사실이지만, 네팔 카펫은 터키 카펫 등과 함께 세계에서 몇 손가락 안에 꼽힐 만큼 아주 유명했다.

카펫단지 입구엔 여러 문양의 카펫들이 가득 쌓여 있었다. 하늘색 격자무늬를 한 것, 고동색 호랑이 문양을 한 것 등등 진기한 카펫들이 즐비했다. 네팔 전통 음악을 들으며 카펫을 고를 수 있었는데, 카펫의 종류나 규모가 시내 한복판 타멜에 진열된 카펫들과는 어딘가 한 차원 다른 것 같았다.

이런저런 모양의 카펫을 구경하다가 상가의 막다른 골목에 다다랐다 싶었는데, 자세히 들여다보니 상가가 끝난 지점에서부터 새

롭게 카펫공장이 시작되고 있었다. 공장 내부는 생각보다 훨씬 넓
었다.

안으로 들어서자 한국 사람들하고 그리 다르지 않은 얼굴을 한
아줌마들의 웃음소리가 들려왔다. 옛사람들이 옷을 짤 때 썼을 법
한 빗처럼 생긴 북과, 작은 망치, 가위, 털실 뭉치 같은 것들에 둘
러싸여 아줌마들이 큰 소리로 웃고 떠들며 일하고 있었다. 그녀들
은 빨강, 파랑, 노랑, 분홍 같은 다양한 색의 털실을 의자 뒤쪽으로
내려 둔 채 카펫을 짜고 있었는데, 흡사 일곱 개 색색의 꼬리를 늘
어뜨린 여우들의 뒷모습 같았다.

일하는 아주머니들은 대부분 티베트 출신이었다. 무수히 많은
종족이 네팔에 살고 있지만, 티베트 출신은 우리와 비슷한 생김새
를 하고 있어서 금방 구분해 낼 수 있었다.

카펫의 판을 가로와 세로로 짜는 아주머니, 판을 짤 실을 꼬는
아주머니, 열심히 모형판을 들여다보는 아주머니, 털실을 판에 꽂
아 넣고 작은 망치 같은 걸로 연신 두드리는 아주머니 등등. 일터
는 생각했던 것보다 훨씬 흥겨워 보였다. 농담과 웃음소리가 끊이
질 않았다.

그런데 정작 내가 찾던 '아이들'은 한 명도 보이지 않았다. 이
크발 마시흐를 찾아 네팔에 온 것인데, 뭔가 처음부터 어긋난다는
느낌이 들었다. 물론 전혀 예상 못 했던 바는 아니다. 네팔에 가기

얼마 전 읽은 보고서에, 이크발 마시흐가 카펫 아동노동을 거의 근절시켰다고 적혀 있었던 것이 떠올랐다. 네팔이나 터키, 파키스탄의 카펫을 주로 수입하던 서유럽 소비자들이 아동노동을 통해 만든 카펫 수입을 반대한다는 캠페인을 지속적으로 벌여, 카펫공장에서 아이들이 거의 사라졌다는 내용이었다. 그들은 아동노동을 통해 만들지 않았다는 인증을 받은 카펫만 사겠다는 운동을 계속해 왔던 것이다.

실제로 공장은 티베트에서 온 할머니와 아주머니들로 가득 차 있었다. 그곳에서 들은 애기에 따르면, 더 시골로 들어가면 아주 영세한 몇몇 공장에서는 여전히 아이들이 일하고 있을지도 모르

지만 더 이상 아무도 아이들을 고용하지 않는다고 했다. 넘쳐 나는 게 값싼 노동력인데, 약간 더 싸다는 이유만으로 위험을 감수하고 아이들을 고용할 필요가 없다는 것이었다.

한 열서너 살 정도 된 여자아이가 눈에 띄었다. 학교에서 집으로 돌아가는 길에 엄마가 일하는 공장에 잠깐 들렀다고 한다. 교복에 가방을 둘러멘 모습이 대략 중학생쯤 되어 보였다. 네팔에 오기 전에 보았던 한 폭의 그림에서와는 사뭇 다른 모습이었다. 그 그림 속의 아이들과 아주머니들은 한데 엉켜 실을 뽑고 있었는데, 아이들은 쇠창살이 달린 창문 밑에서 까치발을 한 채 카펫의 실을 뽑고 있었고, 몇몇 아주머니들은 그 밑에서 잠을 청하고 있었다.

그렇다면 그 많은 아이들, 아동노동을 했던 그 아이들은 모두 어디로 사라진 걸까. 일하는 아이를 만들어 내는 구조가 변한 것도 아닌데, 그들이 갑자기 사라질 리 만무했다. 아동노동은 '사라진' 것이 아니라 '감춰진' 것일지도 모른다는 생각이 들었다. 사라진 것이 아닌 감춰진 아이들을 찾아내는 것이 네팔에서 나에게 주어진 임무 아닐까 싶기도 했다.

반쟈데 씨의 오토바이 뒷자리에 올라탔다. 비포장도로를 지나면서 몇 번이나 나를 심하게 흔들어 대던 오토바이는 엄청난 매연이 쏟아지는 포장도로로 올라서자 갑자기 속도를 내기 시작했다. 아이들은 대체 어디로 숨어든 것일까. 그렇게 한참을 곰곰이 생각하는데 앞을 달리던 템포가 갑자기 매연 덩어리를 뿜어냈다. 그 바람에 재채기를 했고, 하마터면 뒷좌석에 걸쳐 놓은 카메라 가방을 떨어뜨릴 뻔했다. 있는 힘껏 카메라 가방을 꼭 움켜쥐었다.

❀ ❀ ❀

반쟈데 씨가 꼭 가 볼 만한 데가 있다고 해서 따라나선 곳이 '네팔의 일하는 아이들Child Workers in Nepal Concerned Center'이란 단체였다. 네팔에서 오랫동안 아동노동 관련 일을 해 온 관록 있는 단체이다. 잘 가꿔진 정원 안쪽에 씨윈CWIN의 사무실은 자리

CWIN
For Children With Children
Estd. 1987
WELCOME

잡고 있었다. 사무실의 오른쪽 끝엔 자료실이 있었는데, 그 자료실 외벽으로는 큼지막하게 'CWIN'이란 로고가 씌어 있었다. 그 글자 위엔 망태 한가득 벽돌을 이마로 짊어진 어린아이의 모습이 새겨져 있었다.

'1987'이란 숫자는 아마도 그 이후부터 씨윈이 아동노동에 관련된 일을 시작했다는 뜻인 듯싶었다. 사무실 안에는 몇몇 서유럽쪽 방문객이 있었는데, 멋진 사무실과 잘 정비된 훌륭한 자료들은 그곳이 오랫동안 서방의 지원을 받으며 활동해 온 단체임을 알 수 있게 해 주었다.

먼저 온 이들과의 이야기를 끝내고 자리를 같이하게 된 씨윈의 직원은 예상했던 대로 카펫공장에서의 아동노동은 사라졌지만 아이들은 여전히 거리를 헤매고 있고, 아동노동은 사라지지 않았다고 했다. 그래서 씨윈은 거리를 헤매는 아이들을 위해 피난처shelter와 보호소 child care center를 운영하고 있다면서, 직접 한 곳을 추천해 주었다. '위험에 처한 아이들을 위한 씨윈 센터CWIN Center for Children at Risk'라는 곳이었다.

사무실을 나와 오른편 별실에 따로 마련된 자료실 겸 전시실에

들렸다. '일하는 아이들의 목소리Voice of Child Workers'라는 그곳의 기관지가 제일 눈에 띄었다. 머리에 앉은키만 한 망태를 뒤집어쓰고, 한 손엔 낫을 든 아이를 그린 그림 옆엔 '매일매일의 학교'라는 표제가 붙어 있었다. 규격화된 '교실' 속의 학교가 아니라 일상 속의 '일터'가 곧 '학교' 아니겠느냐는 뜻도 있겠지만, 다닐 수 없는 정규 학교에 대한 어떤 갈증을 역설적으로 표현해 놓은 것 같기도 했다. 또 다른 기관지에는 '어린아이의 결혼'이란 표제가 붙어 있었다. 구한말의 조혼 풍습에다, 돈 많은 집으로 팔려 가던 식민지 시기 조선의 어린 여자아이 이미지를 겹쳐 놓은 듯했다.

자신의 어린 딸을 결혼이라는 이름으로 팔아 버리고, 아이들을 학교 대신 일터로 몰아낸 아동노동은 빈곤의 또 다른 이름일지 모른다. 빈곤을 변수가 아닌 상수로 설정할 때 비로소 아동노동의 방정식은 풀릴 것 같았다. 쌍생아 '아동노동'과 '빈곤'의 방정식을 푸는 것이 네팔에서의 내 첫 과제였다.

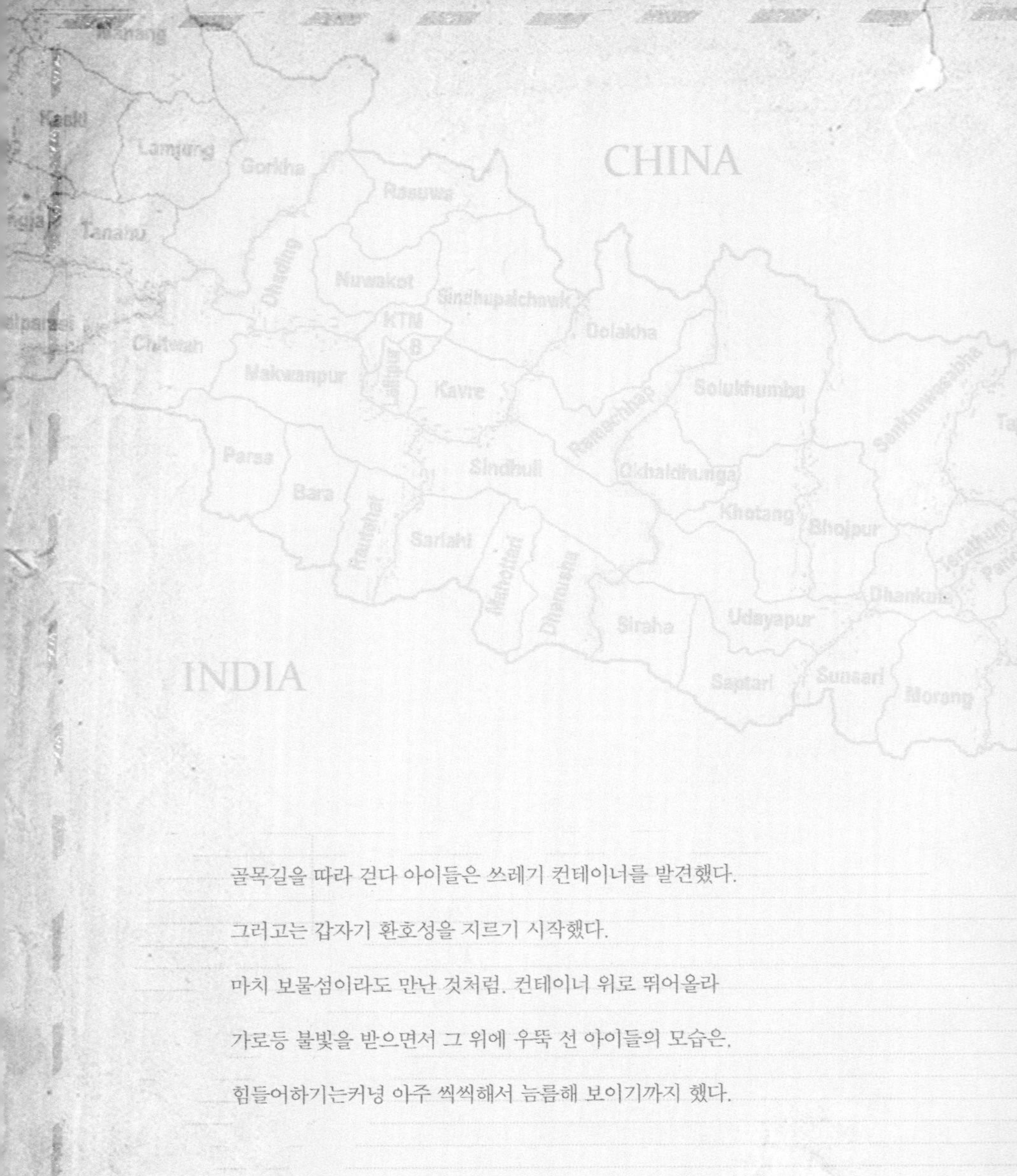

골목길을 따라 걷다 아이들은 쓰레기 컨테이너를 발견했다.

그러고는 갑자기 환호성을 지르기 시작했다.

마치 보물섬이라도 만난 것처럼. 컨테이너 위로 뛰어올라

가로등 불빛을 받으면서 그 위에 우뚝 선 아이들의 모습은.

힘들어하기는커녕 아주 씩씩해서 늠름해 보이기까지 했다.

페비닐 더미보다
더 좋은 건 없어요

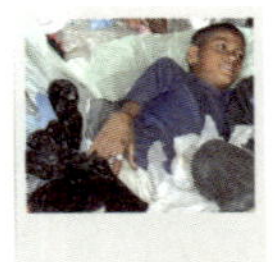

 '위험에 처한 아이들을 위한 씨윈 센터'는 찻길에서 얼마 떨어지지 않은 곳에 위치해 있었다. 센터에 들어서자 제일 먼저 푸른 잔디가 눈에 들어왔다. 아이들은 맑은 웃음소리를 내며 잔디 위에서 뛰어놀고 있었다. 방마다 잘 갖춰진 침대와 가구들. 아이들이 무척 힘들어하고 고통스러워하고 있을 것이라는 나의 생각은 여지없이 빗나가고 말았다. 전혀 예상치 못한 풍경이었다.

 그 아이들과 막 이야기하려던 참에, 일본인 엔지오 사람 10여 명이 그곳을 찾아왔다. 잠시 대화를 나누었는데, 그들이 이곳 아이들에게 편안한 잠자리를 제공한 장본인들임을 알 수 있었다.

 이름은 산. 일곱 살. 고향은 소루쿰부.

"돈 많이 벌고 싶고요, 의사가 되고 싶어요."

이름 로잔 부르자. 고향은 카스키.
"선생님이 되고 싶어요. 아이들을 가르칠 수 있잖아요."

씨윈 센터의 많은 아이들이 선생님이나 돈 잘 버는 의사가 되고 싶어 했다. 공부와 돈에 대한 목마름의 또 다른 표현일 것이다. 그런데 의사나 선생님이 아니라 군인이 되고 싶어 하는 아이들도 꽤 있었다.

이름 거멀 허시아. 고향은 누가르코트.
"부모님이랑 인도에 돈 벌러 갔었어요. 예전에도 같이 갔다 온 적이 있지요. 그런데 인도에서 그만 부모님과 헤어지고 말았어요.

인도 쪽 단체 사람들이 이리로 연락을 해서 여기 오게 된 거예요. 인도에 가기 전에는 고향에서 염소하고 양을 길렀어요. 뭐가 되고 싶으냐고요? 군인이 되고 싶어요. 경례도 받을 수 있고, 옷도 좋은 것 입고, 친구들도 많이 생기고……. 군대가면 테러리스트(마오이스트)들과 싸울 거예요. 텔레비전에서 보니까 정말 남들 고생 많이 시키고, 테러로 많은 사람들을 죽이더라고요."

최근 네팔 마오이스트들이 무기를 내려놓고 평화와 건설의 길을 택했다는 이야기를 듣긴 했지만, 내가 네팔에 갔을 때만 해도 마오이스트들과 정부군의 충돌이 아주 극심했다. 아이들은 그런 마오이스트들과 싸우는 군인이 되겠다고 했다.

이름 히카스 누이테리. 나이 열세 살. 고향은 다마스가바.
"이곳엔 한 20일 전에 왔어요. 농촌에서 일했는데, 친구들이 카트만두에 가면 돈도 많이 벌고, 좋은 옷도 입을 수 있다고 해서 친구들하고 같이 왔다가 이리로 오게 됐어요. 바라는 거요? 학교에 가고 싶어요. 공부 마치면 월급 많이 받는 곳에서 일하고 싶어요."

이름 수먼 가우텀. 고향은 니즈거드 바라.
"전엔 부모님하고 같이 농사를 지었어요. 엄마는 아프고, 아버지는 술을 잔뜩 드시고선 집에 항상 늦게 돌아오셨어요. 아무도 우리들을 돌보지 않았어요. 무작정 시골에서 도망쳤죠. 공부 많이 해서 공장에서 일하는 엔지니어가 되고 싶어요. 우리들을 가르쳐

「SURVIVORS」, The Working Children of Kathmandu, CWIN

주는 사람들이 많았으면 좋겠어요."

　이름 거멀 사히. 고향은 루부.
　"여기 오기 전에 고향에서 소 치는 일을 했어요. 너무 힘들었어요. 소는 많고, 소 주인은 늘 때리고 욕하고, 잘 먹지도 못했어요. 앞으로 하고 싶은 일은…… 학교에 가서 공부 많이 하고 싶어요. 그래서 군대에 가고 싶어요. 왜 군대냐고요? 그냥 고향 사람들이 군대에 많이 갔거든요. 가면 좋을 것 같아요."

　당시 군대에 가고 싶어 하는 아이들이 많았던 이유는 네팔이 내전 상태였던 탓도 있지만, 군대가 최소한의 의식주를 해결해 주는 곳이었기 때문이었던 것 같다. 마오이즘이 내전을 통해 먼 훗날의 빈곤을 해결하려 했지만, 아이들에겐 당장의 빈곤이 더 문제였다. 이념보다 밥이 더 급했는지 모른다.

　이름 라자람 아디가리. 영화「해리 포터」의 주인공처럼 안경을 낀 동그란 눈이 무척 인상적이다.
　"고향은 여기서 가까운 누와코트예요. 고향 집에선 소도 돌보고 풀도 베고 그랬어요. 여섯 살 때쯤 고향에서 카트만두로 나왔어요. 카트만두에선 비닐 쓰레기도 줍고, 호텔에서 심부름 꼬마로 일도 했고, 공장에서도 일했어요. 정말 힘들었어요. 하지만 지금 생각해 봐도 더 힘들었던 곳은 시골인 것 같아요. 죽도록 얻어맞던 기억, 죽도록 일했던 것 말고는 기억나는 게 없거든요."

그 아이는 힘들고 고통스럽지만 지금의 카트만두가 옛 시골 마을보다 몇 배나 더 좋다고 했다.

소루쿰부, 누가르코트, 다마스가바, 니즈거드 바라, 루부, 누와코트 등, 아이들의 고향은 가지각색이었지만, 그곳에서의 생활이 힘들고 고통스러웠다는 점에서는 모두 일치했다. 아이들은 하나같이 지금 살고 있는 도시 카트만두가 훨씬 더 좋다고 했다. 해리 포터를 닮은 라자람도 활짝 웃는 얼굴로 고개를 끄덕였다. 혹시 좋아하는 노래 있느냐고 물었더니, 노래 말고 좋아하는 시가 하나 있다면서, 웃으며 시 전체를 암송하는 것이었다. 무척 놀라웠다.

나중에 안 사실이지만 그것은 네팔의 국민적인 시인 락슈미 프라사드 데브코타의 '무나 머던'이라는 시였다. 라싸(현 티베트의 중심지)로 돈 벌러 떠난 젊은 남편 머던이 늘 고향에 두고 온 아내 무나와 가족 생각을 했는데, 한참 뒤에 고향으로 돌아와 보니 그들은 모두 죽어 이 세상 사람이 아니었다는 것이다. 그래서 머던이 어찌 인간을 이렇듯 비참하게 만들 수 있느냐며 하느님에게 울며 항의한다는 내용이다.

그런데 고향 누와코트를 박차고 여섯 살 때 카트만두로 도망 나온 해리 포터를 닮은 그 아이가, 어떻게 그 긴 '무나 머던'이란 시를 모두 외웠던 것일까. 아무도 반길 이 없는 고향에 돌아간 서사시의 주인공 머던에게서 어쩌면 자신의 운명을 읽어 냈을지도 모를 일이다.

신이시여, 당신이 만들어 놓은 것을 왜 부수어 버리셨나이까.

이 땅의 꽃을 만들어 놓으시곤, 왜 이토록 처참히 부수어 버리셨나이까.

그 꽃을 저에게 주시고선 왜 다시 빼앗아 가 버리셨나이까.

나의 무나를 처음 봤을 때,

무나의 얼굴이 날 닮은 것 같진 않았죠.

무나, 내 마음속의 보석이여…….

땅을 보지 말아요. 무나, 나 당신에게 갈게요.

눈물을 흘리며, 당신을 만나러 갈 거예요.

내 사랑의 보석을 가지러 그곳으로 가겠나이다.

어떻게 불이 무나의 연꽃 같은 몸을 태울 수 있단 말입니까.

어찌 불이 무나의 연꽃 같은 몸을 태울 수 있나요.

어떻게 그처럼 연꽃 같은 몸을 지워 버릴 수 있단 말입니까.

어찌 그처럼 연꽃 같은 몸을 지워 버릴 수 있나요.

내 마음속의 무나를 어찌해야 하나요?

그대가 남긴 유골을 내 가슴에 바르겠나이다.

어머니… 무나… 더 이상 이곳에 머물 수 없을 것 같아요.

이 세상이 싫어졌어요. 어머니, 이곳을 떠나고 싶어요.

이곳이 싫어졌어요. 어머니, 어딘가 떠나고 싶어요.

무나, 이곳은 더 이상 내가 있을 곳이 아니랍니다.

이곳을 떠나 당신에게 가렵니다.

무나, 세상이 싫어졌어요. 곧 이곳과도 이별이겠죠.

　네팔을 떠나 돌아오는 길에 네팔의 국민 가수 나라얀 고팔이 부른 음악 시디를 하나 선물받았다. 그 속엔 '무나 머던'의 일부에 멜로디를 붙인 '신이시여 당신이 애써 만든 것을 왜 부수어 버리

셨나이까'란 곡도 함께 들어 있었다. 나라얀 고팔의 애끓는 듯한 음색이 무척 인상적이었다. 시골에서 도시로, 또다시 더 번화한 해외의 도시로 떠나는 머던들을 생각하면서, 누와코트에서 카트만두로 도망 나온 해리 포터를 닮은 아이와 카트만두에서 한국으로 일하러 떠났던 네팔의 동반자 반쟈데 씨를 떠올렸다. '아동노동'과 '해외 이주노동'이 실은 동전의 양면 같은 것이 아닐까 하는 생각이 들었다.

불야성 '도시'를 향해 부단히 움직여 온 '농촌'과 '해외'의 부나비들. 아동노동 역시 불야성 도시를 향해 날아들던 한 무리의 부나비임에 틀림없다. 네팔의 산골 마을, 카트만두, 그리고 해외 도시가 마치 줄 서기라도 하듯 줄을 지어 서 있고, 누가 먼저랄 것도 없이 아이들이고 어른이고 위쪽 블록을 향해 한 칸이라도 더 기어오르려고 안간힘들을 쓰는 것 같았다.

❈ ❈ ❈

한마디로 아수라장이었다. 오토바이와 트럭, 버스가 한데 얽힌 데다, 질 낮은 연료에서 뿜어져 오는 독한 매연가스까지 뒤섞이면서, 도로는 숨 쉬기 힘들 지경이 되어 버렸다. 거기에 정체까지 무척 심해, 마치 '숨 쉬지 않고 오래 버티는' 운동이라도 하고 있는 듯했다. 교통순경조차 방독면을 쓴 채 어쩔 줄 몰라 했다.

시내 중심가를 빠져나오자 거리는 그럭저럭 달릴 만했다. 달리는 템포 뒤로 한국의 엘지와 삼성, 일본 도요타의 커다란 입간판들이 나타났다. 템포가 달릴 수 있는 도로를 만들어 내는 힘. 카트만두를 가로질러 히말라야를 관통하는 길을 만들어 내는 이들 기업의 힘은 마치 '내가 곧 길이요 진리'라는 양, 위풍당당 카트만두의 길들을 내려다보고 있었다.

"기사 아저씨, 클랙슨 좀 울려요."

다시 혼잡이 극심해지자 반쟈데 씨가 소리를 쳤는데, 그때 템포는 쿨렁 하며 마치 시소라도 탄 듯 옆으로 크게 가라앉았다가 다시 솟아올랐다. 길은 여기저기 패어 있었고, 크게 팬 웅덩이를 지날 때마다 웅덩이에 고였던 물이 사정없이 옆의 차와 오토바이를 덮쳤다. 매일 한 번 어김없이 스콜이 내렸고, 쏟아진 비로 도로 곳곳의 웅덩이에 물이 고여 있었기 때문이다. 잠시 고성이 오가는 것 같더니 곧 잠잠해졌다.

히말라야의 나라 네팔에서 이 같은 대기오염과 교통체증을 누가 상상이나 했겠는가. 등산 장비를 갖춘 이들은 서둘러 산을 올랐을 테고, 히말라야의 장엄함과 절묘함에 네팔은 신이 인간에게 준 최고의 선물이라는 등 동원할 수 있는 최고의 수식어들을 갖다 붙이기에 바빴으리라. 산은 옛 산 그대로이나, 사람들은 옛사람들 그

대로가 아니었다.

❀ ❀ ❀

씨윈 헬프라인CWIN Help-Line의
사누 씨는 약속 시간에서 한 시간이
지났는데도 나타나지 않았다. 홀리
데이 인 카트만두라는 호텔에서 만
났던 일본인 엔지오 활동가 모리시
게 유코 씨의 소개로 씨윈 헬프라인
을 찾아왔는데, 소개받은 사누 씨는
보이지 않고 발에 붕대를 감은 아이
들 두서너 명만이 사무실을 지키고
있었다.

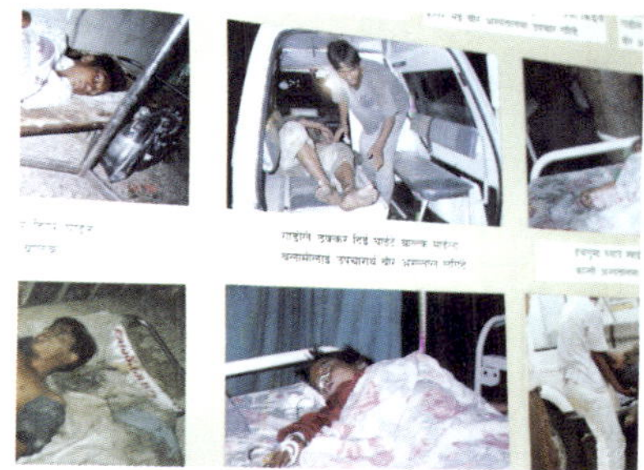

하도 답답해 어슬렁거리다 벽 쪽
을 들여다보았더니, 여러 장의 사진

가운데 특히 어디선가 본 듯한 낯익은 앰뷸런스가 눈에 들어왔다.
예전에 씨윈 본부를 찾아갔을 때 한쪽 편에 세워져 있던 바로 그
앰뷸런스였다. 위급할 때 0만 세 번 누르면 되는 번호를 가진 앰뷸
런스였는데, 그 전화번호의 주인이 바로 이곳 헬프라인의 책임자

사누 씨였던 것이다.

그 앰뷸런스 사진 옆으로, 들것에 실려 수송을 기다리는 아이, 눈과 머리를 다쳐 병상에 누워 있는 아이, 혹은 길에서 그만 잠들어 버린 아이들의 사진이 벽 하나 가득 붙어 있었다.

언제 들어왔는지 그 사진들 밑에서 한 아이가 잔뜩 웅크린 채 무척 겁먹은 표정으로 나를 올려다보고 있었다. 찬찬히 아이를 살폈는데, 사슴처럼 큰 아이의 눈엔 한가득 눈물이 고여 있었다.

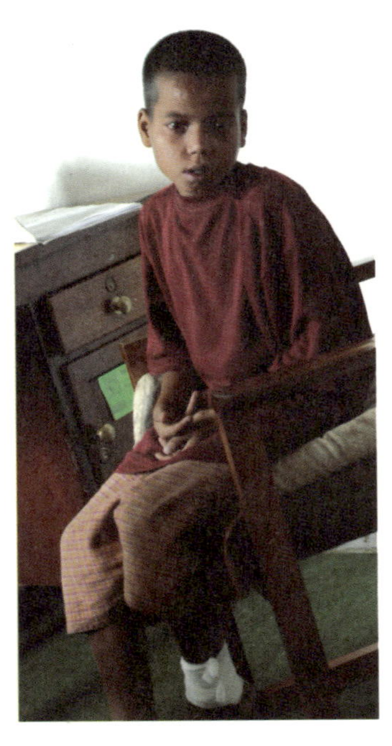

"폐비닐을 주우러 다녔어요. 하루에 20루피(1루피≒16원) 정도 벌었지요. 그러다 유리에 다리를 베고 말았습니다. 맨발이었거든요."

왼쪽 발에 붕대를 감고 있던 아이에게 다시 말을 건네 보았지만 아이는 끝내 더 말을 하지 않았다. 그렁그렁 눈물 고인 눈만을 그저 껌뻑거릴 뿐. 그런데 그때였다. 그 아이 뒤쪽 햇살 건

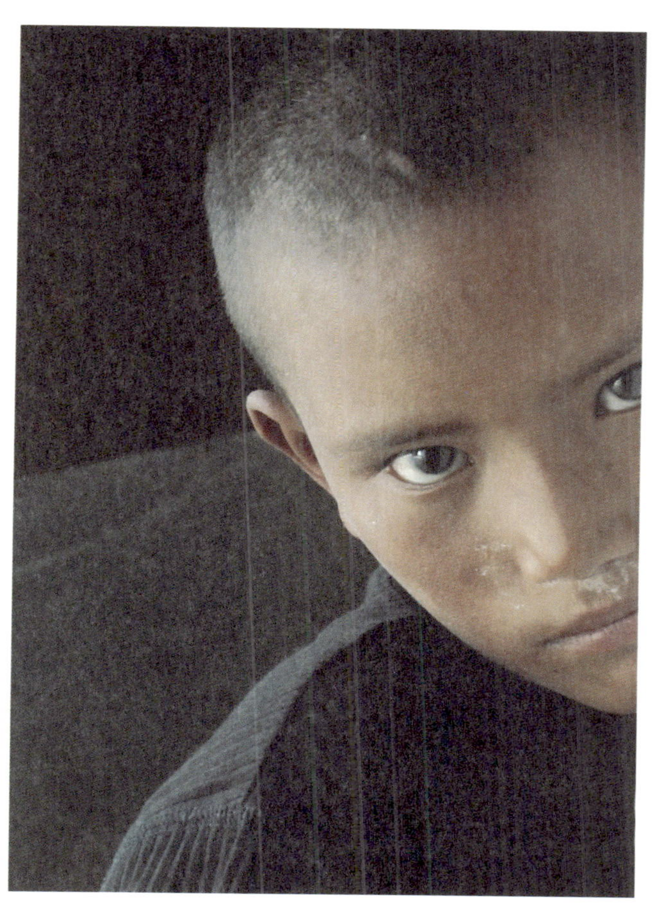

너편에서 줄곧 이쪽을 힐끔거리던 어떤 눈길과 마주쳤다.

문 바깥쪽 어둠 속에서 몸의 반을 벽에 숨긴 채, 잔뜩 경계 어린 표정으로 이쪽을 주시하는 한 아이의 눈이 보였다. 검은 윗옷 위로 검은 눈동자만을 내놓고서 줄곧 이쪽을 바라보던 아이의 눈은 더 이상 상처 받기 싫다는 야생동물의 그 무엇을 닮은 듯했다. 역시 한쪽 다리에 칭칭 붕대를 감고 있었다.

한쪽 벽을 뒤덮은 사진들 옆엔 포스터가 한 장 붙어 있었는데, 거기에는 이렇게 씌어 있었다. '교육은 특권이 아니라 권리다.'

초점이 맞지 않는 눈으로 눈물을 글썽이던 아이, 아무도 믿을 수 없다는 듯 매서운 눈초리로 상대를 쏘아보던 아이를 바라보며, 교육이니 특권이니 권리니 하는 것들이 그들에겐 모두 호사스런 말장난에 불과한 게 아닐까 하는 생각이 들었다. 오늘의 일용할 양식을 얻을 권리, 그리고 상처 입지 않고 쓰레기를 주울 특권 외에, 이 아이들이 달리 또 어떤 권리를 떠올릴 수 있겠는가.

❁ ❁ ❁

헬프라인의 사누 씨는 끝내 나타나지 않았다. 나처럼 불쑥 찾아오는 사람들로 인해 좀 피곤할 수 있겠다는 생각에 그가 교육

중이라는 헬프라인의 교육시설로 그를 찾아 나섰다. 50미터가량 떨어진 곳에 교육시설이 있었는데, 생각보다는 꽤 큰 강당이었다. 아이들은 네팔어와 함께 안전교육, 이를테면 본드와 마약이 얼마나 몸에 해로운지 등을 배우고 있었다. 아이들이 주로 밤에 페비닐 줍는 일을 하기 때문에, 교육은 낮에 이뤄지고 있었다. '낮에 이뤄지는 야학夜學'이란 게 가장 어울리는 표현 아닐까 싶다.

사누 씨는 나와의 약속도 잊은 채 아이들을 가르치느라 정신이 없었다. 조금 더 기다리자 교육이 끝났는데, 사누 씨는 미안하다며 몇몇 폐비닐을 줍는 아이들을 소개해 주었다. 아이들과 하루 일과를 함께하고 싶다는 나의 제안을 받아들인 것이었다.

"라비 반다리예요. 열다섯 살이고요, 고향은 네팔 서쪽 마헨드라나가르예요. 템포 가이드를 예전에 다섯 달 정도 한 적이 있어요. 손님들을 부르기 위해 계속 외쳐야 했는데, 템포 뒤에 매달려 가는 게 위험해서 그만뒀어요. 이 일을 한 지는 2년 정도 돼요."

"전 비제이 머걸이에요. 열네 살인데, 포카라에서 왔어요. 전 이 일이 아주 좋아요. 맘에 들어요. 이 지역으로 오기 전에 딴 데서도 이 일을 했어요. 어른이 되어서도 이 일을 계속하고 싶어요."

어둑어둑해지자 아이들은 도로변으로 나가 그곳의 쓰레기통부

터 뒤지기 시작했다. 주택가보다는 아무래도 번화가 쪽에 폐비닐이 더 많기 때문이라는 이유에서였다. 커다란 넝마 부대를 어깨에 얹고는 쓰레기 더미에서 폐비닐을 맨손으로 골라 부대에 한 장씩 집어넣었다. 아이들은 내용물을 버리고 비닐만을 부대에 집어넣는 일을 아주 숙달된 동작으로 진행해 갔다. 아직 문을 닫지 않은 상가의 불빛이 아이들의 그림자를 무척 길게 늘어뜨렸다.

아이들은 구둣가게 앞을 훑고 나더니, 상가 쪽에서 주택가 쪽으로 방향을 바꾸었다. 주택가에선 이미 다른 친구들이 여기저기서 폐비닐을 줍고 있었다. 공사장 앞에서 만났던 친구와 영화 포스터가 붙은 전신주 밑에서 다시 마주쳤다. 그 아이는 검은 비닐 안에서 뭔가 물컹한 걸 끄집어내는 것 같았는데, 전혀 개의치 않고 내용물을 툭툭 털더니 폐비닐을 부대 안으로 쑥 집어넣었다.

"주로 폐비닐을 주워요. 물론 우유팩도 줍지요. 하지만 비닐이 더 비싸요. 1킬로에 6루피쯤 하거든요. 많이 할 땐 15킬로에서 20킬로 정도까지도 주워요. 대략 60에서 70루피 정도 벌지만, 재수가 좋으면 150루피까지도 벌지요. 비가 와서 젖어 있을 땐 무겁기만 하고, 돈도 많이 못 받지만요."

골목길을 따라 걷다 아이들은 쓰레기 컨테이너를 발견했다. 그러고는 갑자기 환호성을 지르기 시작했다. 마치 보물섬이라도 만난 것처럼. '쓰레기 더미'가 '보물섬'으로 변신하리라고는 난 상상조차 하지 못했다. 이미 그곳에서 쓰레기 더미를 뒤지고 있던 다른 아이들 역시 반다리와 머걸 일행을 아주 반갑게 맞아 주었다. 컨테이너 위로 뛰어올라 가로등 불빛을 받으면서 그 위에 우뚝 선 아이들의 모습은, 힘들어하기는커녕 아주 씩씩해서 늠름해 보이기까지 했다. '버려진 비닐'과 '되살려지는 비닐'. '버려진 아이들'과 그럼에도 불구하고 '살아남으려는 아이들'의 몸부림이, 컨테이너 안에서 뒤엉켜 활활 타오르고 있었다. 쓰레기와 아이들은 뒤죽박죽이 되어 버렸지만, 그곳에서 어떤 희망 같은 것이 느껴졌다.

"부잣집이나 장사하는 집에서 폐비닐이 제일 많이 나오죠. 하지만 우리들이 가게 앞에서 비닐을 주우려고 하면, '도둑놈이 왔다!'고 그러거나, 종종 '에라, 이 가테(집 없는 아이들)들아!'라는 소리를 해요. 어떨 땐 '나쁜 놈들!'이라며 욕을 하거나 때리기까지 하죠. 서글프다면 아마 그런 때 아닐까 싶네요."

"저녁 8시부터 9시 반 정도가 피크타임이에요. 일을 너무 못 했다 싶으면 다음 날 새벽 4시쯤 좀 큰 호텔 쪽을 뒤지기도 하죠. 그때 정도 되면 호텔 경비가 바뀌기 때문에 상대적으로 수월하게 쓰

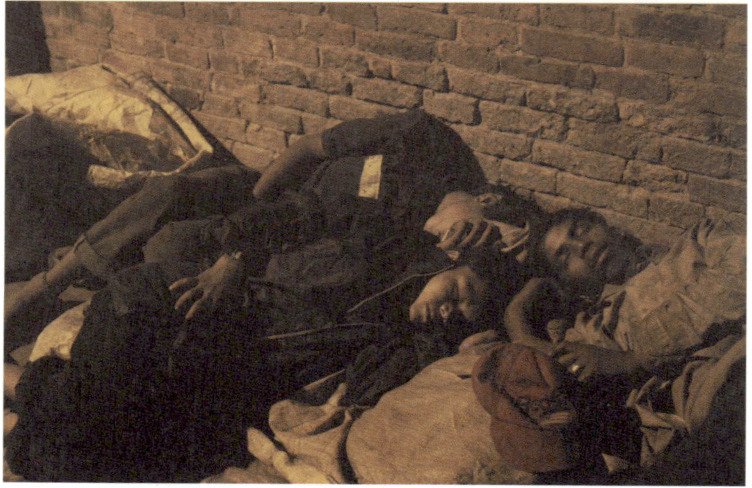

레기통을 뒤질 수 있어요. 잠은 보통 저녁 10시 반쯤 자요. 대신 아침엔 새벽 4시쯤 일어나죠. 낮 시간요? 폐비닐을 고물상에 팔아 넘기곤 저녁때까지 아무 생각 없어요. 그냥 놀아요.”

❀ ❀ ❀

무엇보다 가장 궁금했던 건 그 아이들의 잠자리였다. 마침 아이들은 쓰레기 컨테이너 소탕 작전을 막 끝내고 현장에서 철수하려던 참이었다. 모처럼 한 건 했다는 듯 모두들 흐뭇한 표정을 지으며 자기 키만 한 넝마 자루를 어깨에 하나씩 짊어진 채, 그들만의 보금자리로 돌아가고 있었다. 그날 밤의 잠자리는 그리 멀리 떨어져 있지 않았다. 카트만두 시내 한복판에 있는 어느 사원 처마 밑이 그들의 잠자리였다.

“여기서 잘 때도 있지만, 잠은 주로 뉴로드에서 자는 편이에요. 여기보다 번화가인 뉴로드 쪽이 훨씬 더 편하거든요. 하지만 거긴 괴롭히는 아저씨들이 많아요. 높은 사람들이 종종 발로 차기도 하고 때리고 그러거든요. 경찰 아저씨들도 거기서 자지 말라며 윽박지르고 야단치고 그래요. 조심해서 자라며 그냥 타이르기만 할 때도 물론 있죠.”

아마 이곳의 기온이 영하로 내려가는 일이 거의 없기 때문일 것이라는 생각이 들었다. 길거리에서 잔다고 하면 우리들로서는 제일 먼저 '겨울엔 어떻게 하지?' 하는 걱정부터 앞서지만, 다행인지 불행인지 카트만두는 좀처럼 영하로 내려가는 일이 없다. 그런 탓인지 아이들은 길거리 잠에 대해 아무런 거리낌도 없어 보였다. 차도보다 한 뼘 정도 높은 인도 쪽에 세 명의 아이들은 머리를 맞대고 능숙하게 잠자리 대형을 갖추었다.

자동차 한 대가 어제 내려 고인 빗물을 사원 쪽으로 튕기고 지나갔다. 사원 앞을 지나는 사람 어느 누구도 아이들을 거들떠보지 않았다. 건너편 구멍가게 불빛만이 그들의 몸을 덮어 주는 유일한 이불이자 위로 같았다. 스쳐 가는 오토바이와 자동차 불빛이 아이들을 끊임없이 괴롭혔지만, 고단한 아이들의 잠을 깨우기엔 역부족이었다. 지나가는 자동차 불빛 탓에, 아이들 곁에 누운 사원 입구의 돌사자도 눈부신 듯 가끔씩 눈을 부라렸지만, 아이들은 한 번도 곤한 잠에서 깨어나지 않았다. 살아남으려는 아이들의 의지가 어쩌면 저 돌사자보다 더 강하고 질길지 모르겠다는 생각이 들었다.

"고향에서 도망치듯 나온 지 벌써 5년이 지났네요. 동네 사람들이 카트만두에 가면 좋은 게 많다고 해서 말도 않고 나왔어요. 집

이요? 가끔 생각은 나죠. 하지만 별로 가고 싶지도 않고 갈 수도 없어요.”

“학교는 고향에서 1학년까지 다녔어요. 돈 없으면 공부도 못 하죠. 돈 벌면서 어떻게 공부를 해요? 공부 싫어요. 학교 가면 아는 사람도 없고, 그냥 여기가 재미있어요. 집 나온 지 2년 되는데요, 한 번도 고향 집에 안 갔어요. 여기가 좋거든요. 친구들도 많고요.”

반다리와 머걸은 고향에 가고 싶어 하지도 않았고, 갈 수도 없었다. 그들이 잠을 청하는 사원의 붉은 벽돌담을 바라보다, 어쩌면 그들이 두고 왔을 법한, 다시는 돌아가고 싶지도, 돌아갈 수도 없을 어느 벽돌 만드는 마을 아이들 생각이 났다.

❁ ❁ ❁

툭 치면 금방이라도 무너질 것 같은 벽돌을 얼기설기 쌓아 올려 만든 집. 알고 보니 여름철 우기를 나기 위해 임시로 지은 집이었다. 벽돌경기가 한창이어서 마을 전체가 북적북적대던 건기 땐 그래도 집다웠다고 한다. 아이들은 벽돌을 굽는 가마 위를 달리다 어른들한테 혼나고, 애 엄마들은 벽돌을 가득 넣은 망태를 이마로

지어 나르고, 굴뚝에선 연기가 났다는 것이다. 하지만 우기인 지금은 정말이지 썰렁해서, 아이들이고 어른이고 그저 맥 놓고 지난 건기 때 만들다 남은 벽돌을 조금씩 팔아 연명하며 살아가는 식이었다.

건기인 겨울철에만 벽돌을 만드는 데는 물론 이유가 있다. 아주 간단하다. 비가 오면 벽돌을 말릴 수 없기 때문이다. 비가 오는 여름철엔 다른 일을 하고, 비가 오지 않는 겨울철에만 벽돌을 만들기 위해 다시 이곳으로 모여든다는 것이다. 그러다 보니 우기 때 내다 팔기 위해 꺼내 놓은 벽돌에는 호박 넝쿨이 내려앉아 꽃까지 피웠고, 사람들 살림살이에도 구석구석 가난의 곰팡이가 내려앉

아 있었다. 집 안 가구라야 물 항아리나 벽돌침대, 모기장, 그리고 모포가 전부였다. 벽돌 위의 양철지붕도 빠뜨려선 안 되리라.

그 벽돌담 옆에서 마헨드라 로카 형제를 만났다. 지금 생각하면, 비닐을 줍다 사원 담벼락에서 잠을 청했던 반다리나 머걸보다 너 덧 살 정도는 더 어려 보였던 것 같다. 카트만두에서 멀리 떨어진 네팔 서쪽의 당에서 왔다고만 하고, 이것저것 물어봐도 아무 대답 이 없다. 그냥 힘없이 계속 웃기만 할 뿐, 말할 기운도 없고 말할 기분도 아닌 눈치였다. 풀피리를 만드는가 싶더니 더 이상 관심이 없다는 듯 바닥에 그냥 툭 던져 버리고 만다. 그 아이들도 언제 그 곳을 떠날지를 늘 엿보는 것 같았다.

그런데 맥 빠진 얼굴을 하고 있는 건 그 아이들만 이 아니었다. 지난겨울 건 기 때 함께 벽돌을 만들던 사람들 대부분이 네팔 서 쪽으로 다시 옮겨 갔고, 여기 남은 이들은 계절이 동을 할 힘도 없는 사람들 이었다. 요컨대 다시 벽돌 을 만들 다음 건기를 그냥

무한정 기다리는 상황이었다. 논을 빌려 잠시 농사를 짓는 것 같기도 했는데, 분주하기는커녕 모두 흥을 잃고 있었다.

벽돌을 만드는 마을 건너편에 있는 학교가 눈에 들어왔다. 그곳의 아이들이 공부하고 뛰어놀고 하는 동안, 이곳의 아이들은 그저 우는 동생을 달래거나 침구를 널거나 하는 일들로 하루를 보내고 있었다.

아이들이 그 마을에서 도망치지 않고 살아남기 위해선 정말이지 엄청난 인내가 필요할 것 같았다. 반다리나 머걸처럼 비록 사원 담벼락에서 선잠을 청하는 한이 있더라도 기회만 주어진다면 아이들은 언제든지 그곳을 떠나고 싶어 하는 듯했다.

　그곳을 떠날 때 많은 사람들이 마을 들머리로 나와 섰는데, 아무도 손을 흔들지 않았다. 멍하니 이쪽을 쳐다보기만 하는 그들을 바라보다가, 벌이가 되는 곳이라면 어디든지 떠날 준비가 되어 있는 사람들, 떠나는 게 하나의 일상이 되어 버린 그들에게는 단지 전혀 낯설지 않은 풍경이 한 번 더 연출되는 것일 뿐이겠구나 하는 생각이 들었다.

　벽돌 만드는 마을에서의 기억을 돌이키다 보니, 카트만두 뉴로드 근처에서 폐비닐을 줍는 반다리나 머걸 그리고 그의 친구들이 왜 한 번도 고향에 돌아가지 않는지, 고향에 왜 돌아갈 수 없는지를 조금은 이해할 수 있을 것 같았다.

❀ ❀ ❀

　아침 일찍, 반다리와 머걸이 일궈 준 폐비닐을 갖다 파는 폐비닐 고물상을 찾아 나섰는데, 새파란 하늘과 강한 햇빛이 무척 강렬했다. 지난밤의 일들은 마치 선잠을 자다 꾸었던 꿈처럼 깨끗이 지워졌고, 대신 아주 맑고 선명한 원색의 풍경들이 눈에 들어왔다. 폐비닐 고물상은 강가 언덕길 중간쯤에 위치해 있었다. 고물상 입구는 여기저기서 폐비닐을 모아 온 아이들로 붐볐다.

　폐비닐 수집상에선 알지 못하는 네팔 가요가 계속 흘러나왔다.

아이들은 전날 모아 놓은 폐비닐들을 커다란 천칭 같은 저울 한쪽
에 올려놓은 뒤, 반대편에 추를 올려놓기 시작했다. 얼마만큼의
추를 그 위에 올려놓을 수 있을까. 잃어버린 어린 날의 재롱에 값
하는 추의 무게란, 혹은 받아 보지 못한 교과서, 가져 보지 못한 공
부방에 달하는 추의 무게란 대체 어느 정도일는지. 그런 생각들을
하고 있었는데, 반다리가 폐비닐의 무게와 추의 무게가 딱 맞아떨
어졌다며 나를 보고 씩 웃었다.

"가끔 찾아오는 독일 아저씨가 있는데요, 많이 도와주세요. 공
부가 제일 하고 싶어요. 학교에도 다니고 싶고요. 엔지니어가 될
거거든요. 잘살게 되면 어려운 친구들 많이 도와줄 거예요. 진짜
라고요."

"나중에 큰 식당을 하거나 큰 차를 운전하고 싶어요. 폐비닐도
안 줍고, 일도 재미있을 거예요. 하지만 당장은 멋진 옷하고, 멋진
신발이 제일 갖고 싶어요. 근데 그보다도요…… 뭐랄까, 높으신
분들이 우리 일 못 하게 하지들 말았으면 좋겠어요. 일 안 하면 어
떻게 살아요? 제발 좀 그냥 내버려 달라니까요."

'어린 날의 보상' 혹은 '미래의 꿈' 같은 말은 이 아이들에게
어울리는 단어가 아닌 듯했다. 오늘의 허기를 채워 줄, 그리고 오

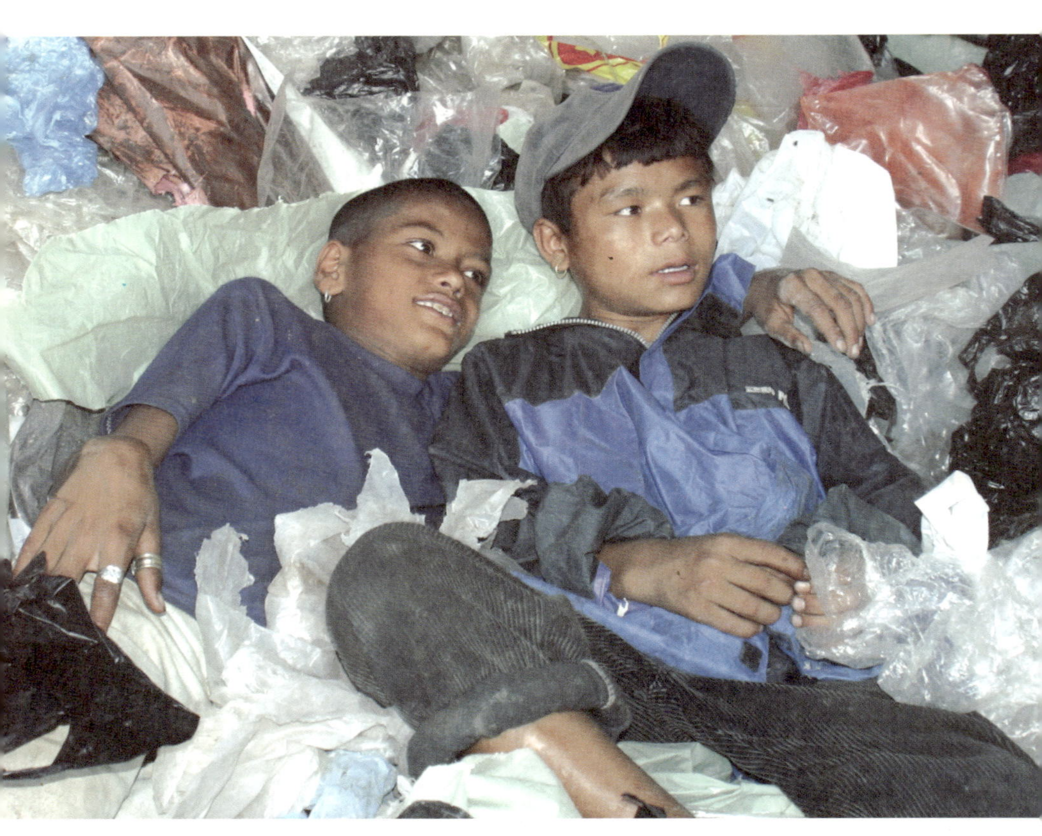

늘 밤 잠자리를 해결해 줄 당장의 '일'과 '빵'이 그들에겐 더 소중한 것 같았다.

네팔루피를 세는 고물상 주인과, 루피를 건네받아 그것을 헤아리는 아이들. 흐뭇해하는 아이들의 미소. 루피를 손에 받아 쥔 머걸은 마냥 행복해하며, 또 다른 친구 한 명과 함께 폐비닐 위에 그냥 벌렁 드러누웠다.

온갖 더러운 것들과 뒤섞여 악취를 뿜어내는 폐비닐 더미 위에서 뒹구는 아이들의 얼굴은, 너무 맑고 아름다워서 눈이 부실 지경이었다. 웃음을 잘 지어낼 줄 모르던 머걸의 미소도 빨간색, 노란색, 하얀색 비닐과 무척 잘 어울렸다. 폐비닐이란 이 아이들에겐 곧 빵을 의미한다.

오랫동안 그들은 아주 천천히 자신들의 일용할 양식 위에서 행복한 시간을 음미하는 것 같았다. 하지만 당장의 잠자리조차 없는 이 아이들이 오늘 밤에도 이처럼 행복한 미소를 지을 수 있을까. 머걸과 그의 친구들은 그날 밤도 스와얌부나트 사원 아니면 템포 주차장 어느 구석에서 잠을 청할 텐데……. 씨윈 헬프라인의 사누 선생이 걱정했던 것처럼, 이 아이들 중 몇몇은 오늘 밤도 그 어딘가에서 '뽄드'를 할지 모르겠다는 생각이 불현듯 떠올랐다.

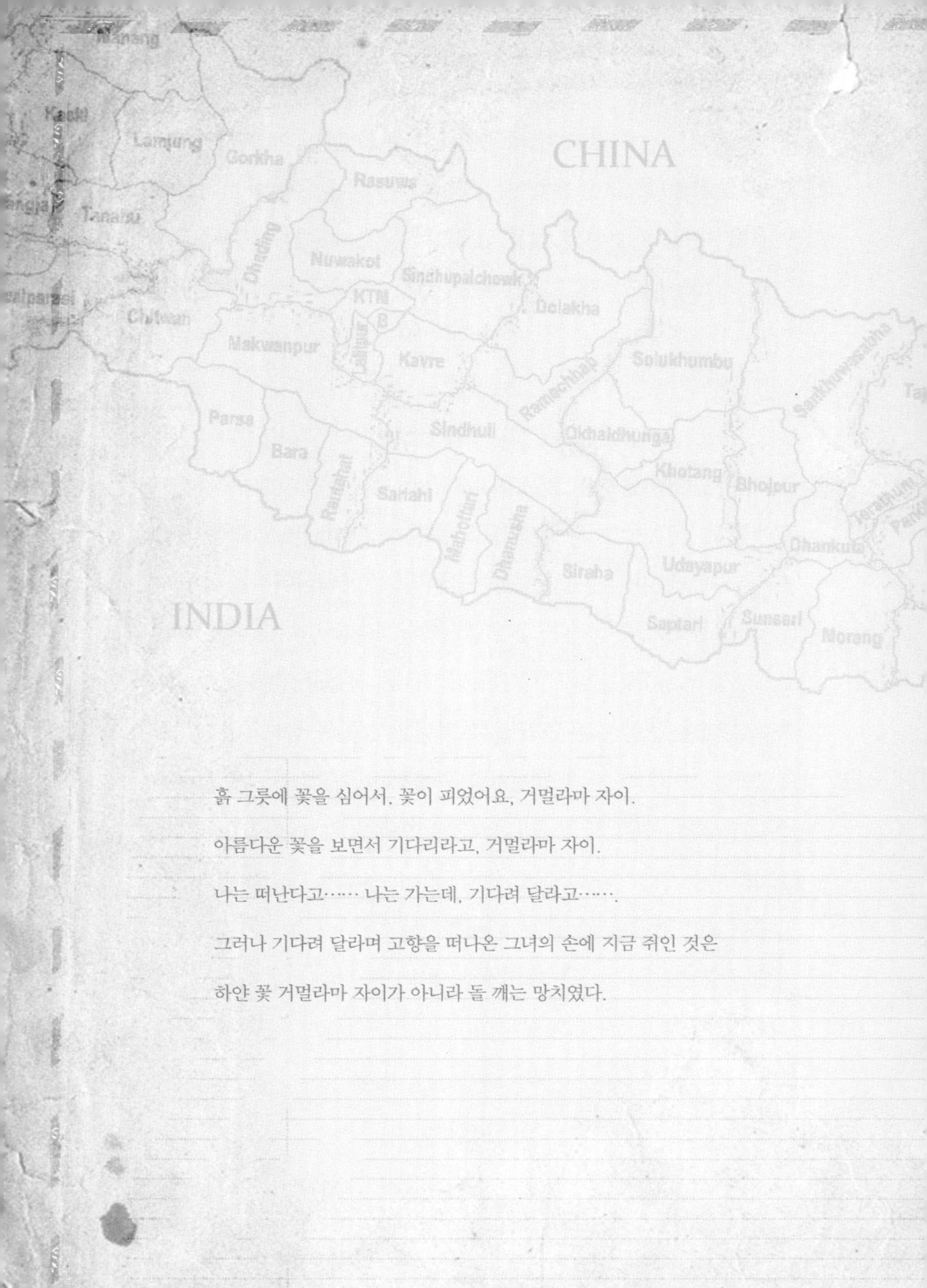

흙 그릇에 꽃을 심어서, 꽃이 피었어요, 거멀라마 자이.

아름다운 꽃을 보면서 기다리라고, 거멀라마 자이.

나는 떠난다고…… 나는 가는데, 기다려 달라고…….

그러나 기다려 달라며 고향을 떠나온 그녀의 손에 지금 쥐인 것은

하얀 꽃 거멀라마 자이가 아니라 돌 깨는 망치였다.

채석장의 하얀 들꽃

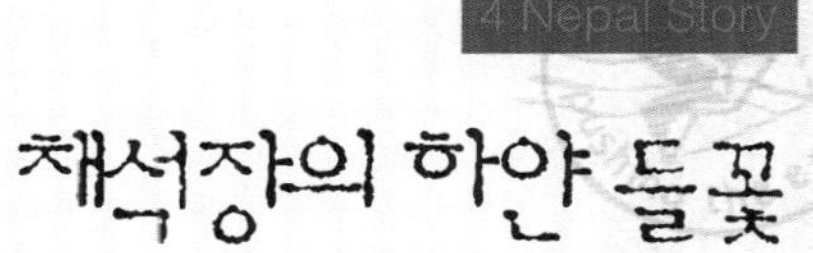

“한 달 뒤면 네팔에서 최고로 큰 명절이에요. 한국에서 일할 적엔 이맘때가 제일 고향 생각 많이 났지요.”

자신의 오토바이 뒤쪽에 내 몸과 카메라를 싣고 가던 반쟈데 씨가 나를 향해 소리를 질러 댔다. 멀리 겹겹이 쌓인 산들이 눈앞으로 점점이 다가오자, 반쟈데 씨는 한국에서 고향 생각이 날 때면 언제나 인근의 산들을 찾았다고 했다. 바람 소리에 그의 이야기는 절반 정도도 들리지 않았지만, 도심에서 조금만 벗어나면 늘 접할 수 있던 네팔의 산들이 한국 생활 내내 그리움으로 남아 그를 끊임없이 힘들게 했음을 알 수 있었다.

반쟈데 씨와 나는 또 다른 아동노동 엔지오인 ‘콘선Concern’의 소개로 산속의 어느 채석장을 찾아가는 길이었다. 컬런키에서 마

주 보이는 산을 두 개 정도만 넘으면 채석장이 있는데, 그 주변에서 아기들이 돌을 캐고 있다는 것이었다.

카트만두는 왕궁이 있는 시내 중심지에서 몇 킬로미터 정도를 제외하곤 사면이 전부 산으로 둘러싸인 곳이다. 당시 머물렀던 타멜에서 조금만 벗어나면 곧 이런저런 산과 사찰들을 만날 수 있었다.

카펫에서 밀려난 아이들은 보다 더 멀고 위험한 곳으로 갔다고 콘선의 대표는 이야기했다. 그렇게 밀려난 아이들이 일하는 장소가 카트만두 분지를 둘터싸고 있는 산속의 채석장이었던 것이다.

오토바이에서 내려 무작정 돌 때리는 소리가 나는 곳을 향해 걸어갔다. 도착해 보니 채석장은 생각한 것보다 훨씬 작았다. 분위기도 아주 차분했는데, 갓난아이는 돌 깨는 소리를 자장가 삼아 그늘 밑 요람 위에서 잠들어 있었고, 한 너덧 살쯤 되어 보이는 아이는 돌 다듬는 엄마 옆에서 낮잠을 자고 있었다. 잠자는 아이 옆에선 작은 돌들을 주워 공기놀이를 하는 아이들의 모습도 보였다. 채석장이란 말을 처음 들었을 때, 남아프리카 공화국의 만델라가 종신형을 선고받고 18년의 세월을 보냈다는 살풍경한 로벤 섬을 떠올렸던 나는 의외의 풍경에 좀 어안이 벙벙했다.

콘선의 실무자 얘기로는 돌이 굴러떨어지고, 아이들은 그 밑에서 일하다 큰 부상을 입는다고 했는데, 아무리 둘러봐도 굴러떨어질 큰 돌은 보이지 않았다. 아이들 역시 돌 깨는 부모 옆에서 평화스럽게 놀고 졸고 할 뿐이었다. 뭔가 번지수를 잘못 짚었다 싶었다. 그런데 같이 갔던 반쟈데 씨마저 잠시 볼일이 있다면서 나만 혼자 덩그러니 남겨 놓고 사라져 버리는 게 아닌가.

말이 안 통해 하는 수 없이 주변 아이들과 간단한 눈인사만을 주고받았는데, 아이들의 반응이 그런대로 썩 괜찮았다.

❀ ❀ ❀

바로 옆에 난 산길로 커다란 유조차가 올라가느라 큰 소리를 내자, 요람 속의 아이도, 엄마 옆에서 졸던 아이도 모두 깨어나 울기 시작했다. 돌 깨는 소리가 자장가 소리처럼 들리던 채석장의 평화

는 깨어졌다. 하지만 젖먹이의 울음소리를 제압한 것은 아이들의
노랫소리였다.

채석장이라기보다 놀이터 같았다. 아이들은 이리 뛰고 저리 뛰
며 채석장 곳곳을 누비고 다녔다. 그 아이들 뒤쪽에선 아이들의
부모가 차양용 텐트 아래서 망치로 돌을 내리치고 있었다. 석양을
받아 실루엣 처리된 이들의 채석 풍경은 무척 그럴듯해 보였다.
땅속의 밀폐된 공간에 갇힌 채 고통스러운 노역을 감내했던 광산

노동이 근대적 산업노동의 원형이라고 했던 문명 비평가 멈퍼드의 말이 불현듯 떠올랐다. 그의 시각대로라면 이곳의 풍경이야말로 인간의 얼굴을 한 노동에 가장 가까운 건 아닐까 싶기도 했다.

"여덟 살이고요, 지금 1학년이에요. 여기에서 오빠하고 엄마가 일해요. 음… 그냥 놀아요."
"머머타 라이예요. 초등학교 4학년이고요. 학교 갔다 와서, 여기서 계속 놀아요. 집에 가면 일을 하죠. 밥도 하고요. 하지만 돌 깨는 일은 안 해요."
"전 그냥 하루 종일 여기서 놀아요."

아이들과 말을 주고받다가 언덕 위로 올라가자, 요람 속 아기의 엄마는 돌을 때리던 망치를 놓고 부랴부랴 아이의 발에 흰 운동화를 신기기 시작했다. 아마도 내 카메라를 의식한 것 같았다. 큰길에 부려 놓은 큰 돌들을 커다란 망태에 담아 이마로 지어 나르는 아이 엄마도 있었다. 그이는 큰 돌들을 사람들 옆에 와락 쏟아 내더니, 그 자리에서 아이에게 젖을 물렸다. '가족'과 '노동'이 힘겹지만 아름답게 오버랩 되고 있었다.

"니말라 부젤리예요. 2학년이죠. 재미있어요. 음… 사과가 제일

먹고 싶은데요."

"이 애 누나예요. 저도 학교 다녀요. 학교에서 돌아오면 여기서
계속 놀아요. 하지만 오빠는 지금 학교도 다니지 못하고 여기서
일해요. 오빠도 학교 갈 수 있으면 좋겠는데, 저도 뭔가 도와주고
싶어요……."

어른은 일하고, 아이들은 모두 공부하거나 노는 줄만 알았는데,
꼭 그렇지만도 않은 모양이었다. 니말라 부젤리의 형 니마스 부젤
리는 열네 살인데도 학교를 다니지 않았다. 아이들이 노는 곳에서
좀 떨어진 장소에 따로 차광막을 치고는 혼자 돌을 깨고 있었는

데, 아주 의젓해 보였다. 고무로 만든 작은 축구공 크기만 한 원형 보호막 안에, 큰 돌을 놓고 때려서 작은 돌을 만들어 내고 있었다. 돌 깨는 솜씨가 아주 노련했다.

❀ ❀ ❀

"하루에 6큐빗 정도 해요. 그러면 150에서 170루피 정도 벌어요. 평균 10시간쯤 돌을 때리죠. 학교는 5학년까지 다녔어요. 더 다니지 못하고 1년 전부터 이 일을 하고 있어요. 학교요? 가야죠. 이번 명절 때까지 열심히 벌 거예요. 명절 때 좋은 옷도 사고, 신발도 사고……. 아무튼 그때까지 다시 학교 갈 돈 벌 거예요."

"엄마가 자꾸 아파서, 돈이 많이 들어요. 의사가 되면 돈도 많이 벌고, 병도 고치고 하겠죠?"

그때 갑자기 돌이 보호틀을 잡고 있는 손으로 얼굴로 튀어 올랐다. 부젤리의 손에 큼지막한 손목시계가 채워져 있다는 것을 그제야 알았다. 시계 유리는 튀어 오르는 작은 돌들에 무수히 얻어맞아 시침이 보이지 않을 정도였다. 아버지가 사 준 거라고 했다. 학교를 보내지 못하는 아버지의 위로가 느껴졌다. 그 위로에 감사할 줄 아는 아이의 따뜻한 마음 역시. 하지만 그런 잘 보이지 않는 시계로는, 다시 학교로 돌아갈 시간을 잘 맞출 수 있을 것 같지 않았다. 부젤리가 학교로 돌아갈 날이 더 늦춰지지 않기를 간절히 기원하는 것 이외에 달리 방도가 없었다.

"친구들도 학교 다니다 쉬고, 일하다 다시 학교 다니고 그래요. 뭐, 괜찮아요. 하지만 종종 친구들이 하굣길에 여길 지나서 집으로 가는 때가 있어요. 멋진 옷을 입고 여길 지나갈 때, 나는 여기 앉아서 돌을 캐고 있고, 그럴 때가 제일 가슴 아팠어요."

"작년에, 그러니까 5학년 때 담임선생님이 제일 기억에 남아요. 나한테 모자라는 걸 많이 가르쳐 주셨거든요. 기억에 남는 거요? 음… 4학년 때 배운 '에라 코피라'라는 시가 가장 기억에 남네요. '꽃이 지기 전엔 따지도 말고, 자르지도 마라.'는 내용이에요."

자기가 마지막까지 다녔던 학교의 선생님, 학과 내용 등 어느 것 하나 놓치지 않고 그는 필사적으로 기억하려 하는 것 같았다. 꽃을 따지도 자르지도 않았는데, 니마스 부젤리는 너무 일찍 시들어 버린 게 아닌지 모르겠다. 좀 떨어진 아래쪽에서 부젤리의 동생들과 그 친구들의 노랫소리가 들려왔다.

"옛날에 저너크라는 국왕이 있었는데요. 백성들한테 아주 잘해

줬대요. 우리도 그렇게 해 주세요. 그런 사람이 될 거예요. 붓다는 집에서 나와 산상설법을 했다죠. 우리도 그런 사람이 될 거예요."

'앗츄츄 앗츄츄' 무슨 노래인지 자세히 알 수는 없었지만, 브처님 같은 사람이 되게 해 달라고 기원하는 노래인 모양이었다. 아이들은 가족들과 친구들과 함께 뛰놀 수 있어 무척 행복해했다. 그러나 그곳이 돌 깨는 일의 2단계 작업장이기 때문에 상대적으로 여유가 있었던 것임을 알게 된 건 반쟈데 씨가 돌아온 후였다.

작업장 바로 옆으로는 큰 도로가 나 있었는데, 그 길을 따라 채석장의 큰 돌이 부려지면 사람들이 그것을 잘게 부순 뒤, 다시 회수해 가는 시스템이라고 그는 내게 이야기해 주었다. 아이들과 함께 일할 수 있었던 것도, 채석장이면서 그다지 위험하지 않았던

것도, 그곳이 중간 하청 작업장이기 때문이었다. 채석장의 큰 돌
이 굴러떨어질 염려도 없었고, 단지 돌을 잘게 부수기만 하면 되
었던 것이다.

❊ ❊ ❊

하청이 아니라 산을 한두 개 넘은 곳에서 아이들이 직접 채석 작
업을 하고 있다는 얘기를 콘선으로부터 들었다. 반쟈데 씨와 함께
택시를 타고 다음 날 아침 일찍 그곳에 가 보기로 했다.

전날 밤 내린 비 때문인지 공기가 무척 맑고 깨끗했다. 그런데
한참 산길을 따라 올라가던 택시가 갑자기 멈춰 섰다. 차에서 내
린 택시 기사는 갑자기 뭐라고 외쳐 대기 시작했는데, 자세히 보
니 길 저쪽 편에서 제복을 입은 경찰의 총구가 아침 햇살을 받아
번쩍이고 있었다.

더 갈 수 없었다. 이유인즉 바로 앞 마을회관에 네팔 마오이스트
들이 폭탄을 설치해 놓았다는 것이다. 택시에서 내려, 옆으로 난
좁은 산길을 타고 채석장을 향하는 것 이외엔 달리 방법이 없는
듯했다. 옆길을 타고 산중턱쯤 올라갔을 무렵, 아래쪽 마을을 내
려다보았다. 마을은 평온해 보였다. 검문이다 뭐다 하며 괜히 지
레 겁먹고 호들갑을 떠는 바람에 괜히 동네 사람들만 피해를 보는

게 아닌가 싶었다.

그런데 채석장에 도착해 이런저런 이야기를 나누었을 때였다. 오후 1시가 조금 지났을 즈음이었는데, 마을에서 2킬로미터나 멀리 떨어져 있는 채석장 한가운데까지 커다란 폭발음이 들려왔다.

네팔의 마오이즘. 트리부반 왕립대학에서 건축학을 전공했던 바부람 바타라이에 이어, 푸슈파 카말 다할(별명 프라찬다)이 지도자가 된 것은 2001년 2차 당대회를 통해서였다. '21세기의 민주주의'라는 슬로건을 내건 '프라찬다 노선'은 2005년 네팔 지역의 80퍼센트를 장악했지만, 휴전과 선거를 통해 왕정을 종식시키고 2008년 봄 제1당으로 등극했다.

프라찬다는 수상이 되었고, 바부람 바타라이는 경제 관련 장관이 되었다. 마르크스-레닌과 마오이즘을 받아들였지만, 프롤레타리아에 의한 1당 독재를 거부하고, 다당제에 근거한 새로운 21세기형 민주주의를 네팔 마오이스트들은 선언한 것이다.

하지만 왕정이 무너지기 직전 네팔을 찾았을 때, 카트만두 시내에서는 연일 폭탄 테러와 파시(도시의 상인들이 일제히 가게를 닫고 매매를 중지하는 일)가 벌어지고 있었다. 그러고 보면 네팔 마오이스트들은 '내전'과 '민중봉기'와 '선거'를 적절히 배합한 새로운

방식의 혁명을 성공시킨 셈이다.

그런데 '혁명'보다 더 어려운 것이 '건설'임은 지난 세기의 모든 혁명가들이 고백한 바와 같다. 사실 네팔의 실험은 지금부터가 진짜 시작일지도 모른다.

❀ ❀ ❀

마을회관 앞길이 아닌 산길을 둘러 한참을 걷고 있는데, 멀리서 돌 깨는 소리가 들려왔다. 해머도 내리치는 소리, 작은 망치로 돌을 깨는 소리가 마치 오케스트라의 그것처럼 장단과 조화를 갖추어 울려 퍼졌다. 소리가 경쾌해서 아침 공기를 더 맑고 가볍게 해 주는 것 같았다.

채석장의 풍경이란 게 아주 간단해서, 일부는 산꼭대기 쪽에서 커다란 쇠막대기와 망치를 이용해 돌산의 돌을 떼어 내고 있었고, 일부는 떼어 낸 돌을 산 아래쪽으로 굴리는 일을 하고 있었다. 산 아래쪽 사람들은 그렇게 굴러 온 큰 돌을 망치로 깨 작은 돌로 다듬고 있었다. 큰 돌을 떼어 내거나 굴리는 일은 주로 건장한 청년들의 몫이었고, 큰 돌을 작은 돌로 다듬는 작업은 큰 힘이 들지 않으므로 아이들과 할머니 혹은 아줌마들의 몫이었다.

그러니까 이전에 들렀던 큰길 옆의 채석장은 이곳 채석장의 마

지막 공정, 다시 말해 큰 돌을 작은 돌로 다듬는 일만을 전문적으로 떠맡아 해 주는 곳이었던 셈이다. 그런데 긴 쇠막대기와 해머만으로 돌산의 돌을 직접 떼어 내고, 그것을 다시 산 아래쪽으로 굴려 보낸다는 것은 아무리 생각해도 너무 원시적인 풍경이지 싶었다. 알고 보니 그것도 내전 중에 있던 네팔 마오이스트 때문이었다. 마오이스트들이 훔쳐 가지 못하도록 그 당시 모든 채석장에서의 다이너마이트 사용을 금지했던 것이다. 긴 쇠막대를 이용해 산 위의 큰 돌을 떼서 밑으로 굴리다 보니, 그 돌이 종종 산 밑에서 돌을 다듬고 있던 아이들을 덮친다고 했다.

한 여자아이와 그 아이의 엄마, 할머니가 나란히 돌을 깨고 있는 모습이 눈에 들어왔다. 할머니의 복장이 참 특이했는데, 그 더운 날씨에 털모자에다 코걸이까지 잔뜩 치장을 하고 있었다. 생각나는 대로 몇 가지 여자아이에게 물어보았다.

"새벽 5시쯤에 일어나, 6시면 이리로 와요. 하루에 7큐빗 정도 일하는데, 대략 50에서 60루피쯤 받아요. 이름은 니멀라마 라이예

요. 학교는 2학년까지밖에 안 다
녔어요. 엄마가 학교 갈 돈 마련
하자며 같이 일하러 가자고 해서
나왔어요. 지금 열네 살이에요.
학교요? 학교는 다니다 쉬다 그
랬어요. 여기 나오기 시작한 지는
한 4개월쯤 돼요. 집에 가면 집안
일도 하고, 일 없을 때는 농사일
에다, 갓난아이들도 돌보곤 하죠.
왜 안 힘들겠어요. 힘들지만 음…
그런대로 할 만해요."

　　거머쥔 돌을 망치로 내려치는
모습이 무척 뚝심 있어 보였는데, 무척 인상적이었던 것은 손톱에
들인 봉숭아물이었다. 엄마, 아빠, 할머니 모두 나와서 돌을 깬다
고 했다. 형제는 모두 일곱 명인데, 그중 학교에 다니는 것은 남자
형제 다섯 명뿐이라고 했다. 니멀라마 라이는 채석장의 일이 끝나
면 다시 집안일을 해야 한다고 말했고, 그 모든 일이 끝나면 밤 11
시를 훌쩍 넘긴다고도 했다. 그렇다면 다음 날은 새벽 5시에 일어
나, 이 땡볕에서 다시 돌을 깨야만 한다는 이야기인데, 방점이 찍

혀야 하는 것은 아무래도 '아동' 노동 쪽이 아니라 '여성' 노동 쪽
일 것 같았다.

❀ ❀ ❀

라이 가족보다 좀 더 위쪽에서 돌을 깨고 있던 프리란치 다만은
삼촌과 함께 일하고 있었다. 열네 살이라고 했는데, 한눈에 꿈 많
은 소녀라는 느낌이 들었다. 처음 만났을 때부터 웃음을 참지 못
하고선 연신 훗훗 하는 웃음소리를 냈다.

프리란치는 하루 12시간 일해서 100에서 150루피 정도를 번다
고 했다. 고향에서는 5학년까지 학교를 다녔는데, 돈을 벌기 위해
고향을 떠나 삼촌 집에 와 있는 모양이었다. 애인 있느냐고 물었
더니…… 아주 크게 한 번 웃고선 반쯤 입을 가린 채 고개를 끄덕
였다. 고향에 두고 온 남자친구가 있다는 것이었다. 가끔은 카트
만두 시내까지 나가서 옷을 사기도 하는데, 꽃은 장미꽃을 제일
좋아한다고 했다. 하지만 프리란치가 제일 좋아하는 노래는 '장미
꽃'이 아니라 '흙 그릇에 핀 꽃'이란 곡이었다.

"흙 그릇에 꽃을 심어서, 꽃이 피었어요, 거멀라마 자이. 아름다
운 꽃을 보면서 기다리라고, 거멀라마 자이. 나는 떠난다고……

나는 가는데, 기다려 달라고……."

　처음에는 노랫말의 뜻을 몰라, 몇 번 다시 불러 달라고 했는데…… 어느 순간 가슴 한구석이 싸해져 왔다. 고향을 떠나, 소꿉동무 곁을 떠나 멀리 삼촌 집으로 돈 벌러 떠나온 그녀에게 '거멀라마 자이(흙 그릇에 핀 꽃)'는 위안이자 곧 동경 아니었을까. 그러나 '기다려 달라'며 고향을 떠나온 그녀의 손에 지금 쥐인 것은 하얀 꽃 '거멀라마 자이'가 아니라 돌 깨는 '망치'였다. 망치를 들고 선, 웃는 듯 우는 듯 한 그 아이의 얼굴은 결코 지워지지 않을 네팔의 한 표상으로 내게 다가왔다. 돌 깨는 망치 대신 하얀 꽃을 꼭 쥐여 주고 싶었다.

　고향을 떠나와 삼촌 집에 머물면서 채석장 일을 하고 있는 프리란치와 달리, 수닐 바하둘 다만이란 소년은 고향을 떠나와 혼자 자취를 하는 경우였다. 고향에서 5학년까지 공부했다는데, 일하는 시간은 프리란치와 비슷했다. 아침 6시부터 일을 시작해, 하루에 대략 100루피 정도 번다고 했다. 혹시 해서 물어봤더니, 고향에 두고 온 여자친구는 없다며 씩 웃었다. 고향에선 소를 길렀는데, 아무리 해도 돈이 안되기에 어느 날 뒤도 돌아보지 않고 뛰쳐나왔다는 것이다.

“하루에 100루피(1,600원) 벌어서 먹고 자고 하는데, 대략 한 달에 1,200~1,400루피(2만~2만 2천 원)쯤 써요. 남는 걸 그냥 고향 집에 보내죠. 생각만큼 많이 못 벌었어요. 아무리 해도 한 달에 2,500~3,000루피(4만 원~4만 8천 원)밖에 못 벌어요. 한 달에 5,000루피(8만 원)만 벌어도 원이 없겠어요. 그러면 집에도 더 많이 보낼 수 있고, 생활도 좀 할 수 있을 것 같아요.”

나중에 뭐하고 싶으냐고 물었더니, 군대에 가고 싶다고 했다. 왜 그러냐니까, 군대가 괜찮다고 들었기 때문이라는 것이다. ‘생활’이 ‘가치관’에 우선한다는 생각이 들었다. 안쓰럽기도 하고, 어쩔 수 없을 것 같기도 해서 머릿속이 무척 혼란스러웠다.

“방은 여기서 일하는 친구들하고 같이 써요. 여섯 명이 같이 빌렸거든요. 가끔 영화도 보고 놀기도 해요. 버스 터미널 있는 시내에도 가끔 나가죠. 근데 엄마 아빠가 정말 보고 싶은 거 있죠.”

나도 타향살이에 가끔 고향 생각이 나는데, 멀리 카트만두까지 밀려온 이 아인들 어찌 고향 생각 나지 않으랴 싶었다. 그런데 이 아이들이 망치로 두들겨 작게 부순 돌들이 아스팔트를 만드는 데 쓰인다고 했으니, 그 돌들 위에 콜타르만 씌우면 큰 신작로가 만들어지지 않을까. 그래서 그렇게 만들어진 신작로를 따라가다 보면 수닐 바하둘 다만은 부모님을 만날 수 있을 테고, 프리란치 다만은 두고 온 소꿉동무를 만날 수 있을 것이다.

그리고 템포가 그 길 위를 달리면, 그렇게 되면 템포 안내양을 하는 또 다른 친구들은 템포 뒤에서 '발차' 소리를 지르며 신나는 휘파람을 불어 줄지 모른다는 생각이 들었다.

하지만 아이들이 다듬어 낸 작은 돌들이 사용될 그 길은 '고향 가는 길'이 아니라 '고향에서 도시로 난 길'이라고 하는 게 더 맞을지 모른다. 신작로가 만들어지고, 카트만두의 물건들이, 삼성과 엘지와 소니의 광고 간판이, 코카콜라와 펩시콜라의 입간판이 산골 마을까지 쳐들어갔을 때, 수닐 바하둘과 프리란치의 가슴도 함께 뛰었을 것이다. 열심히 소를 키워 봐야, 열심히 염소젖을 짜 봐야, 아무리 쌀짐을 날라 봐야 친구들처럼 진학할 수 있는 것도 아닐 바엔 영화라도 마음껏 볼 수 있는 카트만두로 가자, 그런 생각이 아니었을까.

밤을 새워 카트만두의 뉴버스터미널로 난 아스팔트 위를 달려왔을 아이들. 그러나 자신이 달려온 아스팔트 밑에 깔린 그 돌을 다듬기 위해, 그것도 하루 12시간 망치를 휘둘러 단돈 100루피(1,600원)를 벌기 위해 그 먼 길을 달려왔다는 사실을 알고 있는 아이들은 과연 얼마나 될까.

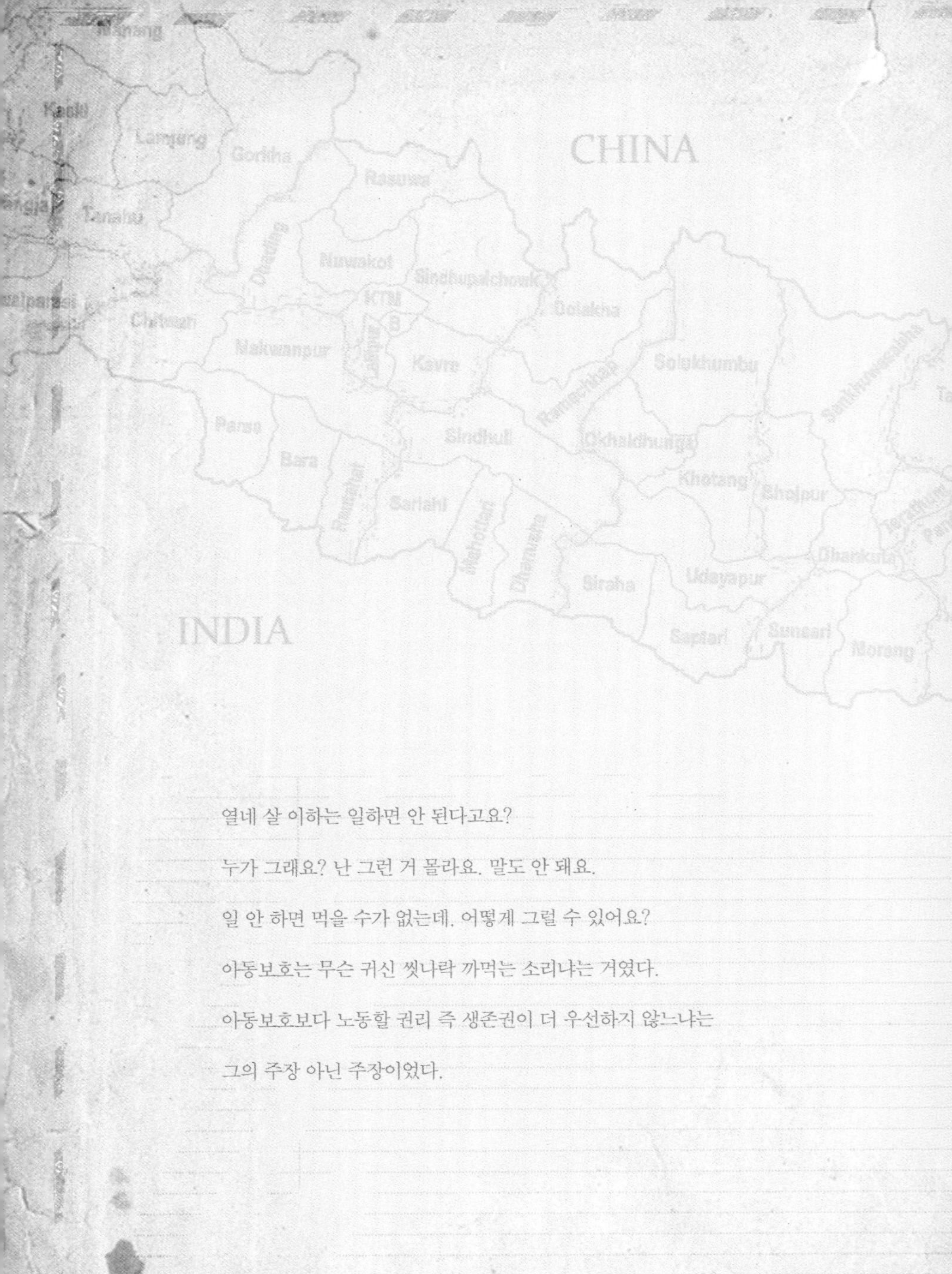

열네 살 이하는 일하면 안 된다고요?

누가 그래요? 난 그런 거 몰라요. 말도 안 돼요.

일 안 하면 먹을 수가 없는데, 어떻게 그럴 수 있어요?

아동보호는 무슨 귀신 씻나락 까먹는 소리냐는 거였다.

아동보호보다 노동할 권리 즉 생존권이 더 우선하지 않느냐는

그의 주장 아닌 주장이었다.

5 Nepal Story
달 뜨는 집의
일하는 아이들
Darchula
Humla
Bajhang
Baitadi
Mugu
Bajura
Dadeldhura
Doti
Kalikot
Jumla
Achham
Kanchanpur
Dolpa
Kailali
Dailekh
Jajarkot
Surkhet
Rukum
Bardiya
Salyan
Myagdi

해가 기울어 갈 무렵 카트만두의 뉴버스터미널에서, 막 도착한 버스가 힘차게 딛고 달려왔을 아스팔트의 소리, 돌 깨는 아이들의 망치질 소리를 듣고 서 있을 때였는데, 반쟈데 씨가 이렇게 말했다. 뉴버스터미널엔 새벽에 와야 한다고. 지난번에 같이 씨윈에 갔을 때 들은 얘기대로 매일 새벽, 밤을 새워 버스를 타고 시골에서 올라온 아이들이 그곳에 늘 넘쳐 난다는 것이었다.

씨윈 쪽 사람들도 새벽마다 이곳에 나와 시골에서 올라온 아이들을 단속한다고 했다. 아이들은 어쩔 수 없이 온 길을 되돌아가거나, 단속원들의 눈을 피해 카트만두로 숨어들거나, 아니면 운 좋게 침대가 있는 씨윈에 머물렀다.

그런데 문제는 씨윈의 '침대' 였다. 침대란 서방세계에 아동노동

을 금지시키겠다고 호소해
얻어 낸 결과물이었다. 씨윈
헬프라인을 소개해 주었던
모리시게 유코는 씨윈에서
근무하던 자신의 친구가 바
로 그 침대를 문제 삼으며 씨
윈을 떠났다는 얘기를 들려
주었다. 벨기에 출신의 조시
리크만스란 문제의 청년을
그녀는 '네팔의 소크라테
스'라고 불렀다.

국방색 티셔츠에 하늘색 머플러를 목에 두르고, 다 해져 가는 작업화를 신은 늘씬한 벨기에 청년. 그에게 왜 네팔의 소크라테스란 별명이 붙었는지는 분명치 않다. 분명한 사실은 그가 씨윈을 나와 소크라테스만큼이나 심각한 표정을 지으면서 길을 걸었다는 것이고, 뉴버스터미널로 이어지는 길을 걸으며 아이들에게 "너희들한테 지금 제일 필요한 게 뭐냐?"라고 물었다는 것이다. 그에게 네팔의 소크라테스란 이름이 붙었다면, 그것은 아마도 길거리의 철학자 소크라테스처럼 길거리 아이들의 목소리에 귀를 기울여서가 아닐까.

그가 씨윈을 나오기로 결심한 것은 씨윈이 정말 아동노동을 없앨 수 있을까 하는 의심 때문이었다고 한다. 카펫공장에서의 아동노동을 없앴다고는 하지만, 카펫공장에서 사라진 아이들의 수만큼 거리의 아이들은 늘어났고, 그 아이들이 다시 템포 요금 보조원이나 채석장에서의 돌 깨는 작업 같은 더 힘들고 고통스러운 일들로 밀려나는 현실을 그는 두고 볼 수만은 없었던 것이다.

"제일 필요한 것이 무어냐?"는 질문에 아이들은 한목소리로 "집."이라고 대답했다고 한다. 그래서 그는 집을 짓되, 씨윈과 달리 '침대 없고, 가구 없고, 텔레비전 없고, 전임 직원 없는 시스템'에 의해 운영되는 곧 '4무無'의 원칙에 의해 운영되는 집을 짓기로 결심했다. 서방의 지원을 받아 씨윈의 집처럼 아이들에게 모든 것을 제공할 수도 있겠지만, 소수의 아이들을 그러한 집에서 살게 하려면 다수의 아이들을 지금의 일터보다 더 안 좋은 환경으로 내몰아야 한다는 사실을 깨달았기 때문이었다. 일하지 않아도 될 소수의 아이들을 위한 씨윈이 아닌, 일할 수밖에 없는 다수의 아이들을 위한 집을 그는 짓기로 한 것이다.

❧　❧　❧

카트만두의 9월 하늘은 바람 한 점 없이 맑았다. 찌든 공해 틈을 비집고 햇살이 내 코밑으로 다가오면, 지저분한 땀과 먼지는 화학 반응을 일으켜 나의 호흡을 곤란하게 만들곤 했다. 만약 밤에도 비가 내리지 않는다면, 카트만두의 낮은 어떠할지 상상조차 하기 싫었다. 다행히도 거의 매일 밤 카트만두엔 스콜처럼 소낙비가 쏟아졌다. 반쟈데 씨와 함께 컬런키로 벨기에 청년 리크만스를 찾아간 그날도 장대비가 쏟아졌는데, 그 덕택에 우린 옷이며 우산이며 모두 엉망이 되고 말았다.

　리크만스가 운영하는 '달 뜨는 집'은 낮엔 아무것도 없고 밤이 돼야 북적거린다고 해서, 일부러 저녁 무렵 길을 떠났다. 반쟈데 씨하고 함께 달 뜨는 집에 들어섰을 때, 리크만스는 막 아이들의 발을 치료해 주고 있었다. 치료라야 뭐 대단한 건 아니고, 상처를 소독약으로 씻어 내고 머큐로크롬을 바른 뒤 일회용 반창고를 붙여 주는 정도였다. 하지만 아이들은 가벼운 상처를 그냥 무시하다가 아주 큰 병에 걸려 버리기 일쑤였다. 아이들을 치료해 주는 모습이, 아직 총각인데도 엄마의 그것과 크게 다르지 않아 보였다.

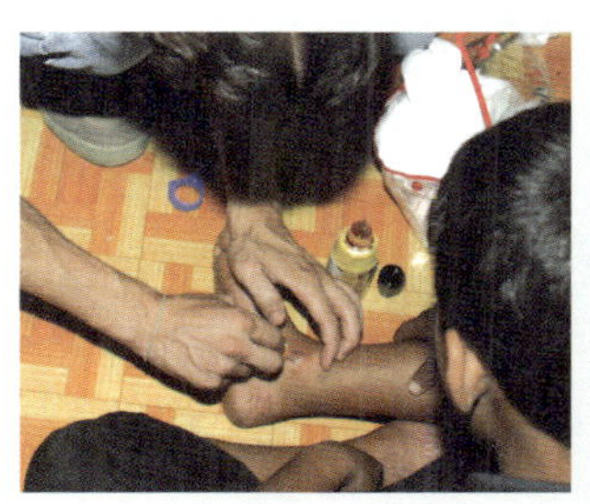

　"열네 살이에요. 라즈쿠말 틴이라고 해요. 여기 온 지는 한 한 달 정도

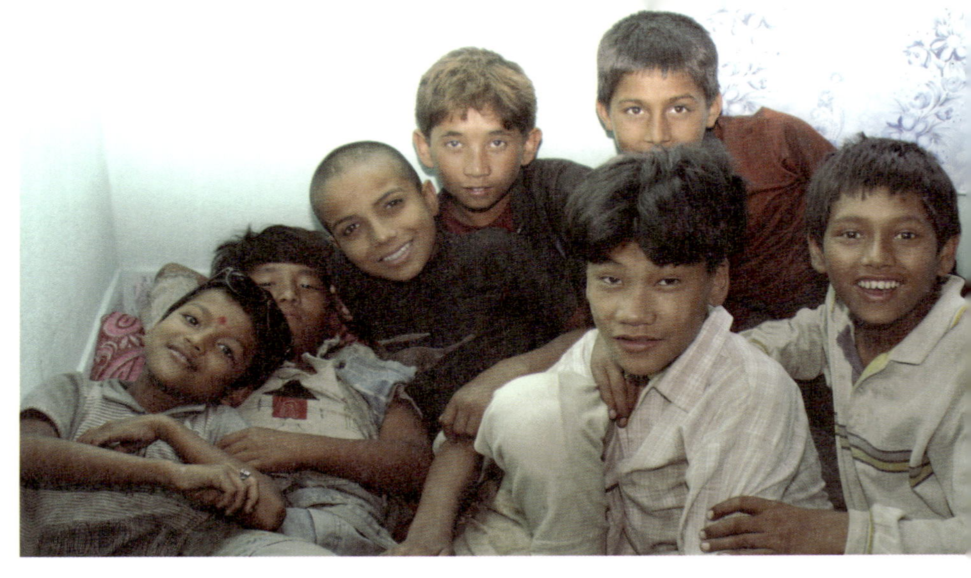

됐어요. 컬런키에서 카트만두 시내까지 템포를 한 번 타면 7루피 정도 벌어요. 템포를 타기 전에는 호텔에서 설거지를 했어요. 그런데 주인아저씨가 하도 때리고 욕하고 해서 그만뒀어요. 고향이요? 발롱이에요. 고향엔 일자리도 없고, 무엇보다 거기선 먹고살 수가 없었어요. 부모님한테는 얘기하고 나왔어요. 학교는 2학년까지 다녔죠."

"카트만두에 처음 오니까 차도 많고 신기했어요. 아주 놀랐죠. 하지만 아는 사람 하나 없어 무척 힘들었어요. 제일 힘든 건 역시 잠자리였어요. 예전엔 템포 안에서 자고 그랬는데, 모기도 많고 잠도 쉽게 잘 수 없었어요. 여기서는 10루피만 내면 밥도 먹고 잘 수도 있다는 얘길 듣고 이리로 왔어요."

라즈쿠말 틴은 달 뜨는 집이 아주 만족스럽다며 씩 웃었다. 고향을 떠나 호텔 식당과 템포 일 등 온갖 궂은일을 다 했지만, 지금이 제일 만족스럽다는 것이다. 라즈쿠말보다 두 살 어린 산토스 카이도 달 뜨는 집이 무척 좋다고 했다.

"엄마가 돌아가시고 난 뒤, 새엄마가 자꾸 절 때렸어요. 두 달 전쯤 집을 나왔죠. 여긴 한 10일 전에 왔어요. 너무 좋아요. 그냥 이런저런 일 해요. 한 달에 700에서 800루피 정도 벌어요. 힘들죠. 음… 아플 때가 제일 힘든 것 같아요."

아이들에게 14세 이하의 아동노동은 국제기구에서 금지하고 있다는 사실을 아느냐고 물어봤더니, 라즈쿠말은 내가 무슨 국제기구에서 나온 사람이라도 되는 줄 아는지, 얼굴색까지 파래져 가며 쭈뼛쭈뼛 그러면서도 단호하게 이렇게 말했다.

"열네 살 이하는 일하면 안 된다고요? 누가 그래요? 난 그런 거 몰라요. 말도 안 돼요. 일 안 하면 먹을 수가 없는데, 어떻게 그럴 수 있어요? 난 그런 거 안 믿어요."

아동보호는 무슨 귀신 씻나락 까먹는 소리냐는 거였다. 아동보호보다 노동할 권리 즉 '생존권'이 더 우선하는 것이 아니냐는 게 그의 주장 아닌 주장이었다. 아마 리크만스가 고민한 지점도 바로 이런 대목 아니었을까 싶었다.

아동노동을 없앨 수 없다면 아이들이 '최소한의 보호'라도 받으며 일할 수 있도록 도와줘야겠다는 것이 그의 생각이었는데, 그래서 생각해 낸 게 '5루피'만 내면 잠을 잘 수 있고, '10루피'면 밥을 먹을 수 있는 공간을 만들어 내자는 것이었다. 그는 아이들에게 더 좋은 조건을 제공할 수 있더라도, 가능하면 4무의 원칙을 지키기로 했다고 한다.

그러고 보면 그는 '아동노동에 관한 최저 기준', 곧 '먹고, 자고, 치료받을 수 있는' 아이들의 '생존'에 필요한('생활'이 아닌) 최저 기준을 몸으로, 실천으로 보여 준 셈이다. 산골에서 카트만두로 이주해 온 아이들의 권리를 말이 아닌 생활로 보여 준 것이다.

❀ ❀ ❀

역시 밥 먹는 시간이 제일 행복한 시간인 것 같았다. 아이들은 풍로에 불을 지피고, 밥을 하고 카레를 만드느라 분주했는데, 모두들 하나같이 싱글벙글이었다. 네팔 말로 '달커리'라고 했는데, 나중에 가만 생각해 보니 그것은 '밥(달)'과 '카레(커리)'의 합성어였다.

아이들은 각각 당번이 정해져 있어서, 밥 푸는 당번, 식기 나누

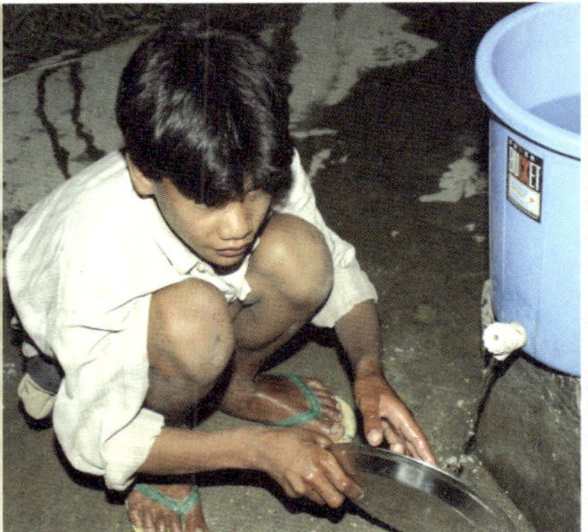
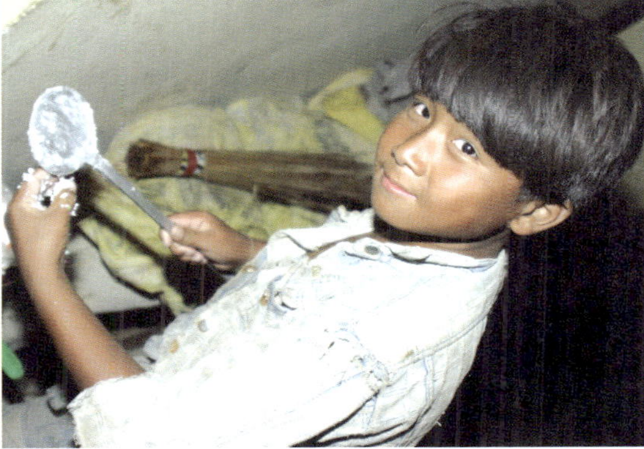

는 당번, 나중에 설거지하는 당번까지 아주 체계적으로 움직였다. 벨기에 친구는 남은 카레를 이 아이 저 아이한테 나눠 주었는데, 아이들은 질척한 카레를 손으로 받아 밥에다 발라 먹고 있었다. 한 녀석은 날 보라는 듯, 카레가 뚝뚝 떨어지는 손가락을 입으로 쪽쪽 빨아 먹기도 했다. 모두들 크게 웃었는데, 그게 날 향한 건지 그 친구를 향한 건지 몰라 어리둥절 엉거주춤해했다. 문화인류학 운운했던 기억을 되살려 놀란 표정 대신 애써 애매한 웃음으로 위기를 넘기려 했는데, 이번엔 나더러 카레를 한번 손으로 먹어 보라는 것이었다.

벨기에 친구는 손으로 능숙하게 밥에다 카레를 발라 먹었다. 하지만 나는 달커리를 손으론 도저히 먹지 못하겠기에 하는 수 없이 스푼을 달라고 했다. 그런데 벨기에 친구도 내가 카메라를 들이대자 부끄럽다며 얼굴을 뒤로 돌리면서 찍지 말라고 했다. 넘기 힘든 문화의 벽, 습관의 벽 같은 게 느껴졌다.

식사가 끝나고 나서 아이들은 우물물을 길어 설거지를 하기 시작했는데, 밥주걱에 붙은 밥알들을 떼어 내면서 나를 보고 웃는 아이의 모습이 무척 인상적이었다. 만일 이 아이가 10년 후 혹은 20년 후 이 사진을 보면 뭐라고 할까? 웃을까, 아님 눈물을 훔칠까? 바닥 청소를 하는 놈, 큰 물통 앞에서 그릇을 닦는 놈 등등 달뜨는 집의 밤은 그렇게 부슥부슥 깊어만 갔다.

밥 먹는 시간 다음은 물론 잠자는 시간이다. 텔레비전이 있는 것
도 아니어서, 다들 일찍 자고 일찍 일어났다. 리크만스의 원칙대
로 아이들 방엔 침대 대신 담요가 깔려 있었는데, 그럼에도 아이
들은 마냥 행복한 표정이었다.

　　　　　　　　　　이마 한가운데에 작고 빨간 동그
라미를 새겨 넣은 한 녀석은 어디서
가져왔는지 선글라스까지 준비해
머리에 꽂고서는 눈을 동그랗게 뜨
는 포즈를 취했고, 다들 한가락 하
는 표정으로 자세를 잡았다. 아이들
은 모두 그렇게 달 뜨는 집의 잠자리에 감사해하는 듯했다.

이쯤에서 비스누람이란 친구를 소개해야만 할 것 같다. 네팔에
있는 내내 그리고 일본으로 돌아와서도 줄곧 내 머릿속에서 맴돌
던 친구다. 아주 귀엽고 영리한, 다니 영악하다는 표현이 더 맞을
까, 아무튼 막내 산토스와 같은 방을 쓰는 친구였다. 둘은 함께 잠
자리에 들었는데, 먼저 산토스가 비스누람의 배 위에 다리를 떡하
니 얹었더니, 이번엔 비스누람이 산토스의 배를 베개 삼아 벌렁 드

러눕는 것이었다. 같이 있기만 해도 재미있는지 둘은 연신 까르르 까르르 웃어 댔다.

그러더니 비스누람은 대뜸, 내일 어디를 여행할 거냐며 내게 물어 왔다. 내일 자기가 다 안내할 테니까 자기만 따라오라는 것이었다. 정말 장담한다며 목에 있는 대로 힘을 줬다. 몇 번을 반복해서 이야기하기에, 금방 잠잘 것 같지도 않고 해서 일으켜 세웠다. 얘기나 더 해야겠다 싶어, 어디서 왔느냐고 물어보았다.

"나가르코트에서 왔어요."

카트만두 인근 지리에 어두워 어디가 어딘지 잘 알지 못했지만, 나가르코트가 카트만두 인근의 가장 아름답고 신비스러운 산이란 건 나도 알고 있었다. 그런데 비스누람은 자기가 그 나가르코트 출신이라는 것이었다.

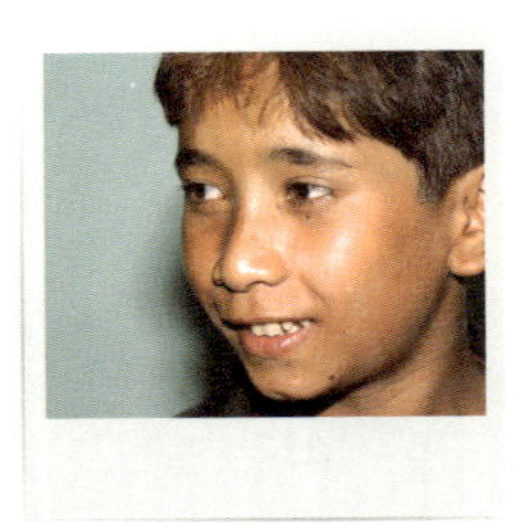

"처음엔 카트만두가 아니라 박타푸르까지 갔었어요. 나가르코트 마을로 차들이 왔다 갔다 했는데, 운전기사 따라 그냥 박타푸르엘 갔죠. 아버지는 가지 말라고 했지만, 엄마는 인정해 주셨어요. 박타푸르에서 너무 배가 고파 무작정 호텔에 있는 모모
(닭고기나 양고기, 혹은 채소만으로 속을 채

운 네팔 만두)를 먹었는데, 그게 인연이 돼서 식당에서 일하게 되었어요. 하지만 매일 설거지 하는 게 만만치 않더라고요. 때려치우고 다시 집으로 돌아왔지만, 집에 있어 봐야 별로 할 일도 없는 터다 동네 친구들도 다 돈 벌러 나가고 없고 해서, 다시 돈 벌러 가야겠다 싶어 카트만두로 나온 거예요.”

사실 아동노동이란 게 뭐 특별한 것일까 싶기도 했다. 나가르코트 같은 농촌에서 염소젖 짜고 동생 돌보는 것도 아동노동이고, 카트만두 같은 도시로 흘러 들어와 도시의 값싼 허드렛일을 하는 것도 아동노동이다. 다만 도시로 ‘이주’ 했는가 아닌가 하는 사실만이 다를 뿐이다.

도시로의 이주를 결심한 것은 비스누람 '개인'이지만, 그를 길 떠나게 만든 것은 '미디어'였다. 먼저 '길'이 생겨났다. 길이 뚫리자 '상품'이 들어왔고, 미디어에 의한 '소비'가 강요되었다. 나의 통역을 맡아 주었던 반쟈데 씨가 카트만두 곳곳에 찾아온 삼성과 엘지의 나라, 한국의 이미지를 따라 길을 떠났듯, 나가르코트의 아이 비스누람 역시 도시 카트만두가 주는 소비의 이미지를 따라 길을 떠났을 것이다.

그리하여 달 뜨는 집은 어쩌면, 네팔 산골 마을에서 카트만두로, 카트만두에서 또다시 다른 해외 도시로 떠나갈 아이들이 성장통을 앓는 어떤 중간 통과지점일지 모른다는 생각이 들었다. 글로벌-신자유주의에서 자유로울 수 있는 곳이 지구상 어디엔들 존재하겠는가.

✿ ✿ ✿

"하루에 40~50루피 벌어서 먹는 데 10루피 쓰고, 밖에서 치야(우유를 듬뿍 탄 네팔 차)도 사 마시고, 그리고 남는 건 저금해요. 돈 많이 벌어 명절에 고향 가려고요. 또 돈 많이 벌면 템포도 살 거예

요. 운전기사가 되고 싶어
요. 지금 이 상태로는 힘들
겠지만, 아무튼 많이 벌 거
예요."

아이들이 일을 하는 이유
는 보다 나은 삶을 살기 위
해서인데, 그러려면 돈을 모
아야 했다. 그런데 글도 모
르는 아이들이 일반 은행을 이용할 순 없고, 그래서 보다 못한 리
크만스가 달 뜨는 집에 이른바 '뱅킹 시스템'이란 것을 만들었다.
이것은 템포를 타는 아이들이 그날그날 번 돈을 제대로 관리하
지 못해, 대부분을 힘센 아이들이나 어른들에게 빼앗기는 걸 막아
주기도 했다. 10루피건 20루피건 쓰고 남은 돈을 장부에 기록한
뒤 리크만스에게 맡기는 시스템이었다. 밥값과 숙소 이용료를 거
기서 제하기도 하고, 필요하면 언제든지 찾아 쓸 수도 있는 이른
바 사설 은행인 셈이다. 비스누람도 그걸 매일같이 이용하고 있었
는데, 힘센 형들한테 돈을 빼앗기지 않아서 너무 좋다고 했다.
뱅킹 시스템 외에 달 뜨는 집에서 또 하나 주목할 만한 것은 '멤
버십 카드'라는 것이었다. 아이들이라서 종종 돈을 못 받거나 불

이익을 당할 때가 많았는데, 그럴 때면 아이들은 목에 걸고 있던 멤버십 카드를 내보이며 "얕보지 마라."고 경고를 날렸다. 일종의 보호 장치인 셈이다. 멤버십 카드엔 벨기에의 '살라이 엔피오 NPO(비영리 민간단체)'와 '씨윈', 그리고 '달 뜨는 집 설립자'라고 된 리크만스의 이름과, 벨기에 및 네팔의 주소, 전화번호 등이 적혀 있었다. 아이들 목에 걸린 카드는 무척 작았지만 훌륭하게 아이들의 권익을 보호해 주는 것 같았다.

어찌 보면 리크만스는 글로벌 시민증을 아이들에게 발급하는 글로벌 정부의 시장이기도 했다. 그는 네팔 정부를 비롯해 그 어느 누구도 보호해 주지 않는 아이들의 노동을 지키는, 벨기에면서 네팔이기도 한, 동시에 그 어디에도 속하지 않는 글로벌 정부의 시민증인 멤버십 카드를 발급하고 있었다.

달 뜨는 집이 어떤 이에겐 어설픈 조각달처럼 보일지도 모른다. 그렇지만 달 뜨는 집은 칠흑 같은 아이들의 밤을 지켜 줄 유일한 위안이다. 그는 집이란 잠을 잘 수 있는 곳일 뿐 아니라, '가족이 되고, 친구가 되고, 그래서 커뮤니티가 형성되는 곳'이라고 말했는데, 그건 네팔 아이들만 한 키를 가졌던 난장이 곁의 지섭이 했던 말과 똑같았다.

리크만스는 벨기에 대학을 나와 네팔 카트만두 인근 마을에서 학교 선생님을 한 적이 있었다. '선생'이란 단어가 어떤 경우에

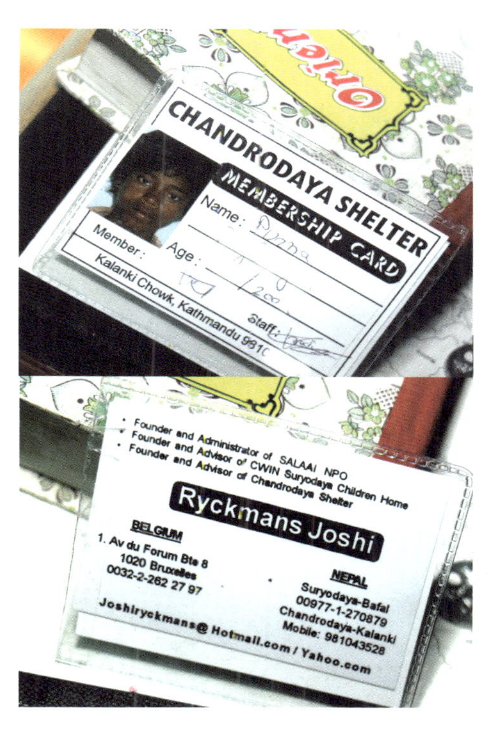
CHANDRODAYA SHELTER
MEMBERSHIP CARD
Name : Purna
Member :
Age :
Kalanki Chowk, Kathmandu 981
Staff :
Founder and Administrator of SALAAI NPO
Founder and Advisor of CWIN Suryodaya Children Home
Founder and Advisor of Chandrodaya Shelter
Ryckmans Joshi
BELGIUM
1. Av du Forum Bte 8
1020 Bruxelles
0032-2-262 27 97
NEPAL
Suryodaya-Bafal
00977-1-270879
Chandrodaya-Kalanki
Mobile: 981043528
Joshiryckmans@ Hotmail.com / Yahoo.com

붙는 수식어인지를 실감케 해 주는 친구였다. 생각난 김에 좀 더 이것저것 물어보았다. 앞으로도 이 일을 계속하겠느냐는 질문에, 리크만스는 너무도 당연하다는 듯이 '평생'이라고 대답했다. 하지만 그 대답은 사실 그리 쉽게 할 수 있는 대답이 아니다. 세상은 변하고, 네팔도 변하고, 이곳 아이들도 변한다. 앞으로 20년 뒤엔 이곳 카트만두의 아이들이 커서 이웃 나라 부탄의 아이들을 도우러 떠나겠다고 말할지도 모른다. 그러나 중요한 것은 '이곳'의 아이들이고, '지금'의 달 뜨는 집이다.

달 뜨는 집의 살림엔 1층과 2층, 부엌을 포함해서 대략 한 달에 7,500루피가 든다고 한다. 물은 우물물을 이용했고, 집으로의 진입로는 아예 없어서 인근 농로를 이용해 드나들고 있었다. 아이들이 빨래를 하고, 목욕까지 하려면 최소한 2만 루피가 든다는데, 아이들이 내는 식사비 5루피에 숙박료 10루피로는 사실상 운영이 어렵다고 한다. '자립'과 '지원' 사이에서 고민하는 모습이 엿보였다. 2만 루피라면 한국 돈으론 30만 원 정도의 비용. 리크만스는 컬런키 사거리뿐 아니라, 카트만두에 한 열 군데 정도는 달 뜨는 집이 있어야 할 것 같다고 말했다. 그 이후로 달 뜨는 집이 어떻게 변했을지 갑자기 궁금해진다. 몇 채 더 늘어나긴 했을까.

다시 비스누람의 애기로 돌아가면, 그 녀석은 잠들기 직전 나한

테 꼭 하고 싶다는 말이 있다면서 이런 소리를 했다.

"여긴 정말 너무 좋아요. 먹을 수 있고, 잘 수도 있어요. 그것도 내가 낸 돈으로 말이죠. 다 좋은데 여긴 '칠판'이 없어요. 물론 칠판 정도는 우리가 구할 수 있죠. 그런데 '선생님'도 없거든요. 칠판과 선생님 없이 우리는 큰사람이 될 수 없어요."

벨기에 청년과 헤어지면서 비스누람이 했던 학교 얘기를 꺼냈더니, 그는 공부하고 싶어 하는 아이들을 위해 씨윈과 함께 '해 뜨는 집'을 운영하고 있다고 했다. 하지만 문제는 '해가 떠 있는' 시간에 아이들은 일을 해야만 하기 때문에, 그들이 정작 필요로 하는 것은 해 뜨는 집이 아닌 '달 뜨는 집 안에 세워진 학교'라는 점이었다. 해야 할 일은 아주 많았지만, 일손이 그것을 따라잡지 못하는 듯했다. 1920년대의 채영신, 1970년대 청계천 혹은 광주의 야학 등이 2000년대 지금의 카트만두어 필요하다는 생각이 들었다.

갑자기 1980년대 초, 시중에 떠돌던 '야학비판(야비)'이란 팸플릿 생각이 났다. 1970년대식 감상주의적 야학 같은 게 아니라, 보다 과학적인 운동이 필요하다는 주장을 폈던 야비夜批. 복사기도 흔치 않았던 데다 복삿집마다 기관원들의 감시도 심해서, 복사에 복사를 거듭한 팸플릿은 글자도 다 뭉개져 뭐가 뭔 소린지 잘 알아보기 힘들었다. 그 팸플릿을 읽으면서 야학이니 농활이니 하는 비과학적인 용어들을 가능한 한 모두 지웠었는데, 지금 여기에서 이들 단어들은 다시 살아나 꿈틀꿈틀 새 빛을 발하고 있었다. 야비가 아닌 이를 비판하는 '야비비夜批批'가 필요한 게 아닐까 하는 생각이 들었다.

❀ ❀ ❀

다음 날. 꾀돌이 비스누람이 자기가 카트만두 안내를 하겠다며 몇 번이나 나에게 다짐을 놓았던 터라, 아침 일찍 달 뜨는 집이 있는 컬런키 사거리행 템포를 잡아탔다. 카트만두 중심가인 타멜에서 발라쥬까지는 템포를 탔고, 링로드를 거쳐 컬런키 사거리까지 가는 길은 승합버스를 이용했다.

컬런키 사거리는 이른 아침부터 붐볐다. 마치 서울의 영등포 같은 곳이었다. 카트만두 시 외곽으로 빠지기 위해서는 모두 이곳 컬런키를 반드시 경유해야만 했는데, 영등포를 거쳐야 인천, 수원 등지로 빠져나갈 수 있는 것과 비슷했다. 그런데 며칠째 경험하는 일이지만, 아침 햇살과 자동차 매연이 뒤섞인 사거리를 가득 메운 사람들이 실은 아무것도 하는 일 없는 사람들 같았다. 아침엔 오른쪽 턱을 괴고 앉아 있던 사람이, 저녁 무렵엔 왼쪽 턱을 괴고 앉아 있는 식이었다.

컬런키 사거리에서 비스누람을 발견해 냈는데, 그는 갈색으로 물들인 머리카락을 손으로 쓱 빗어 넘기던 참이었다. 비스누람은 내가 아침밥도 안 먹고 온 줄 어떻게 알았는지, 나를 치야와 빵을 함께 파는 컬런키 사거리의 한 노점상으로 안내했다. 그리고 몇몇 자기 동료들도 불러 같이 간단하게 요기를 하고는, 내가 돈을 꺼내기도 전에 자기가 먼저 모두 계산해 버렸다. 얼굴을 들여다보았더니, 그냥 씩 웃는 것이다. 재간둥이는 재간둥이구나 하는 생각에 나도 그냥 절로 웃음이 났다.

컬런키 사거리 템포 터미널에는 벌써 그의 친구들이 쫙 깔려 있

었다. 비스누람보다 서너 살은 더 어려 보이는 코흘리개부터 고만고만한 친구들까지, 모두들 웃으며 비스누람을 반겼다. 비스누람을 반긴다기보다는 그 옆에 덩달아 나타난 이상하게 생긴 나를 보고 웃는 듯했다. 비스누람 또한 "까불지 마. 내가 잘 아는 사람이야." 하면서 으스대는 것처럼 느껴졌다.

그가 안내한 장소는 네팔의 토템신앙과 종교가 뒤섞인 의식이 거행되는 곳이었다. 빨간 옷을 걸친 사람들은 연신 빨간 염료와 촛불들 사이에서 분주했다. 비스누람은 여기 재미있지 않느냐는 눈치였다. 난 여행을 하러 네팔에 온 것이 아니라고 얘기하고 싶었지만, 내 생각을 전할 방법이 없었다. 통역해 줄 반쟈데 씨 없이 혼자 길을 나섰기 때문이다.

생각해 낸 것이 가져갔던 일본어-네팔어 사전이었다. 내가 말하고자 하는 키워드 일본어에 해당하는 네팔어를 찾아 손

으로 계속 가리켰지만, 비스누람은 사전을 들여다보는 것 같더니 이내 시큰둥한 표정이다. 곧 알아차렸지만 비스누람은 네팔어를 읽을 줄 몰랐다. 하는 수 없이 인근 가게에 들어가 콜라를 하나 사고선 영어로 말할 테니 이 아이에게 네팔 말로 좀 해석해 줄 수 없느냐고 부탁했다. 손짓 발짓까지 다 동원해, 내가 원하는 바는 여행이 아니라 평소처럼 그가 템포를 타면서 일하는 모습을 카메라에 담는 것이라는 나의 의사가 아무튼 대략 전달된 듯싶었다.

여행 가이드를 예상했다가 좌절되었다고 생각했는지 잠시 시무룩한 표정을 지었지만, 비스누람은 예의 그 밝고 높은 톤의 목소리로 되돌아왔다. 템포를 타러 가는 길에 풍선을 파는 아저씨한테서 풍선을 사, 비스누람의 친구 몫까지 두 개를 건네주었다. 너무 좋아하는 모습이 애써 지어 보였던 애늙은이 표정과 달리 순진무

구한 어린아이의 그것 그대로였다. 하지만 좋아하는 표정도 잠시. 아이들은 그만 풍선을 놓쳐 버렸는데, 놓친 풍선은 전깃줄을 넘어 하늘 높이 멀리 날아가 버리고 말았다. 아이들의 그 무언가도 풍선과 함께 하늘 멀리 날아가 버리는 것 같았다.

❀ ❀ ❀

템포를 타고 가면서 내가 하는 일이란, 카트만두 보통 시민들의 옷차림과 일상, 그리고 비스누람의 '노동'을 지켜보는 것이었다. 출근 시간 땐 정말이지 템포도 만원이어서 비스누람은 템포에 거의 매달리다시피 했고, 나는 카메라 셔터를 누를 엄두조차 내지 못했다. 조금 여유가 생기자 비스누람 뒤로 인도산 버스 타타가 눈에 들어왔다. 일본이나 한국 상품 대신 중국이나 인도 상품이 네팔엔 아주 많았는데, 네팔이 중국과 인도에 낀 나라라는 걸 실감케 하는 대목이기도 하다.

뒤늦게 어른 한 명이 비스누람 뒤에 올라타, 다음 정류장까지 내내 매달려 갔다. 출근 시간이 지나자 템포는 좀 한가해졌다. 비스누람은 템포 출입구에 멍하니 서서 바깥을 바라보기도 하고, "나 어때요?" 하면서 카메라를 향해 포즈까지 잡아 주기도 했다. 그렇게 카트만두 시를 몇 바퀴 도는 동안 카트만두 시내가 대충 손에

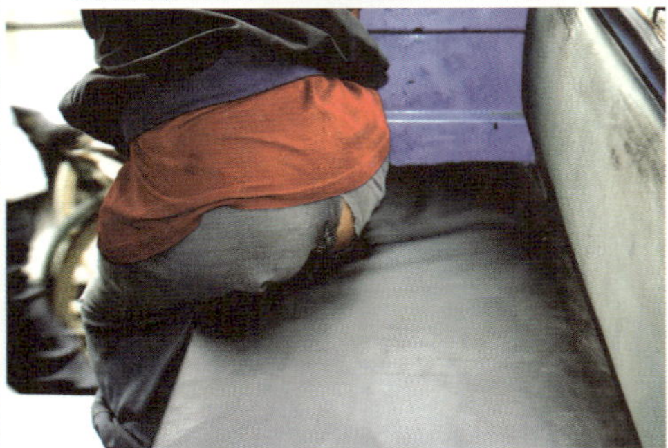

들어왔다. 삼엄한 경비의 왕궁과 외국 관광객들이 많이 머무는 타멜, 유네스코세계문화유산으로 등록된 사원, 1960년대 초 내가 어렸을 때 살던 서울 답십리를 그대로 빼닮은 주택가, 그리고 그 사이사이로 간판을 내건 상가들이 눈길을 따라 옆으로 옆으로 끊임없이 흘러갔다.

무심코 텅 빈 템포에 앉은 비스누람의 바지 쪽에 눈길이 갔는데, 엉덩이 부분이 찢어져 있는 것을 발견했다. 우리 애들 엄마라면 자기 아이가 이런 모습으로 다니는 걸 용서하지 못했을 것 같았다. 하지만 비스누람은 워낙 씩씩(?)해서, 그 정도에는 전혀 아랑곳도 하지 않았다.

이번엔 비스누람의 손에 박힌 반지가 눈에 들어왔는데, 자세히 들여다봤더니 펑크 머리를 한 어느 연예인의 얼굴이 담긴 반지였다. 우리 아들도 저만할 때 요란한 머리를 한 연예인을 좋아했었지 하며, 생각은 뒤죽박죽이 되어 꼬리에 꼬리를 물고 이어졌다. 아마도 템포 안에 손님이 별로 없어서 그랬는지 모른다.

비스누람이 차에서 내려 '오라이' 시늉을 하며 템포의 후진을 안내하는 것을 보고서야, 차가 종점에 다다랐다는 사실을 알았다. 그는 내릴 손님들한테서 일제히 돈을 받기 시작했는데, 재미있는 건 받은 지폐를 모두 입에 물고 계산을 하더라는 것이었다. 아차 싶었지만 그는 지폐가 더럽다는 생각을 단 한 번도 안 해 본 모양이었다. 그러고 보면 오히려 내가 과잉 반응을 보이는 건 아닐까 싶기도 했다.

그런데 이번엔 젊은 승객 하나가 아주 큰돈을 냈다. 비스누람은 잠시 망설이는 것 같더니, "에이 여보쇼." 하는 표정을 지어 보였다. 그 모습은 마치 "오늘만 내가 특별히 봐주는 거유."라고 말하는 듯했다. 승객은 좀 멋쩍어했고, 꾀돌이 비스누람의 턱은 한껏 위로 올라갔다. 하긴 이런 일 말고 버스 안내남이 목에 힘줄 때가 어디 있겠는가.

이제 끝났나 했더니 정작 문제는 손님한테 받은 돈을 세서 템포

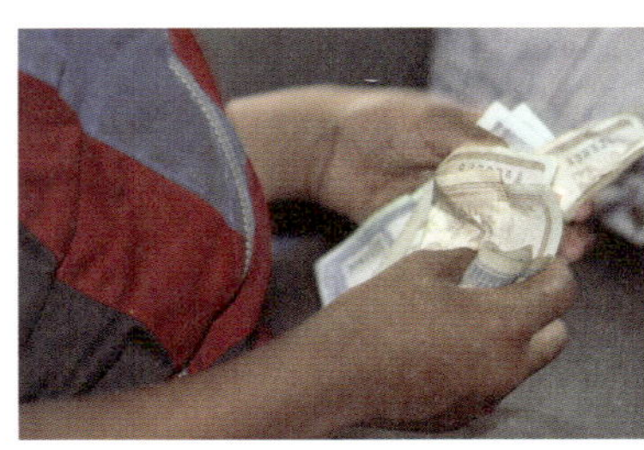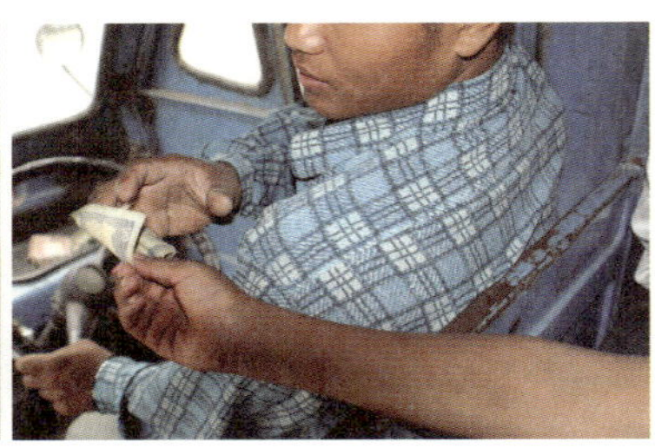

운전기사(사장)에게 건네주는 과정에서 발생했다. 원래 주기로 한 돈을, 템포 운전기사가 다 안 주려고 하는 모양이었다. 아이들이라 해서, 돈을 많이 준다고 약속해 놓고 조금밖에 안 주는 운전기사들이 더러 있다더니……. 하지만 비스누람이 어떤 애인가. 그날은 운전기사 쪽이 분명 잘못 걸린 거였다. 비스누람이 내리기에

나도 뒤따라 내렸는데, 그가 운전기사 옆으로 다가서더니 뒤쪽의
나를 손가락으로 틱틱 가리키는 게 아닌가. "뒤쪽의 카메라를 봐
라. 당신이 약속을 지키지 않으면 저 사람이 카메라로 다 찍어 고
발할 것이다." 대략 이런 메시지인 것 같았다.

❀ ❀ ❀

그렇게 하루 종일 템포를 타면 아이들은 대략 60루피에서 70루
피를 번다고 한다. 그걸로 그들은 먹을 것과 입을 것, 그리고 잠자
는 것을 해결했다. 채석장에서 돌을 깨거나 비닐을 줍는 아이들보
다는 좀 나을 듯했다. 하기야 열두 시간을 땡볕에서 끊임없이 망
치질을 하거나, 밤새 쓰레기통 속의 비닐을 골라내는 일이, 템포
를 타는 노동하고 같을 순 없을 것
같기도 했다.

템포에서 내린 비스누람은 요기를
해야겠다고 생각했는지, 컬런키 사
거리의 허름한 구멍가게로 나를 안
내했다. 나한테 물어보지도 않고 코
카콜라와 삶은 달걀을 떡하니 주문
하기에, 대체 어쩌자는 건지 궁금해지기 시작했다. 다 먹고 일어

서려니까 이번에도 자기가 내 몫까지 모두 계산을 하는 것이었다. 뭔가 이상하다 싶었는데, 나중에 알고 보니 그게 다 노점상이 파는 손목시계 때문이었다.

가게를 나서자마자 비스누람은 시계 좌판을 목에 멘 채 컬런키 사거리를 왔다 갔다 하는 시계 노점상을 찾았다. 그러고는 그를 불러 세우더니, 곧바로 시계 고르는 작업에 착수했다.

템포를 공짜로 태워 준 것도, 아침 식사며 코카콜라 값까지 자기가 다 지불한 것도 전부 이 시계를 사기 위한 일이었다. 귀엽기도 하고, 영악하다 싶기도 했다. 같이 좌판을 둘러봤다. 이 시계 저 시계를 보여 달라며 큰소리치는 비스누람을, 시계 좌판 주인은 신기한 듯 웃음 띤 얼굴로 내려다보았다. 그건 비싼 거라 안 된다며 종종 소리를 지르면서.

비스누람이 골라낸 것은 몇 시 몇 분인지만을 일러 주는 50루피짜리 중국산 전자시계였다. 시계 좌판 아저씨가 비스누람에게 시계를 채워 주자, 주위에 몰려서 있던 아이들은 일제히 '와' 하는 눈으로 비스누람을 쳐다보았다. 한국의 천원숍에서도 이젠 잘 팔리지 않을 물건을 고르기 위해, 비스누람은 하루 종일 템포를 타고 이리저리 나를 안내했던 것이다. 하지만 1,000원이 65루피에 해당하고, 그것이 하루 종일 템포를 타야만 벌 수 있는 돈이라 생각하니, 그 비닐 전자시계 하나가 지닌 노동의 의미란 실로 대단

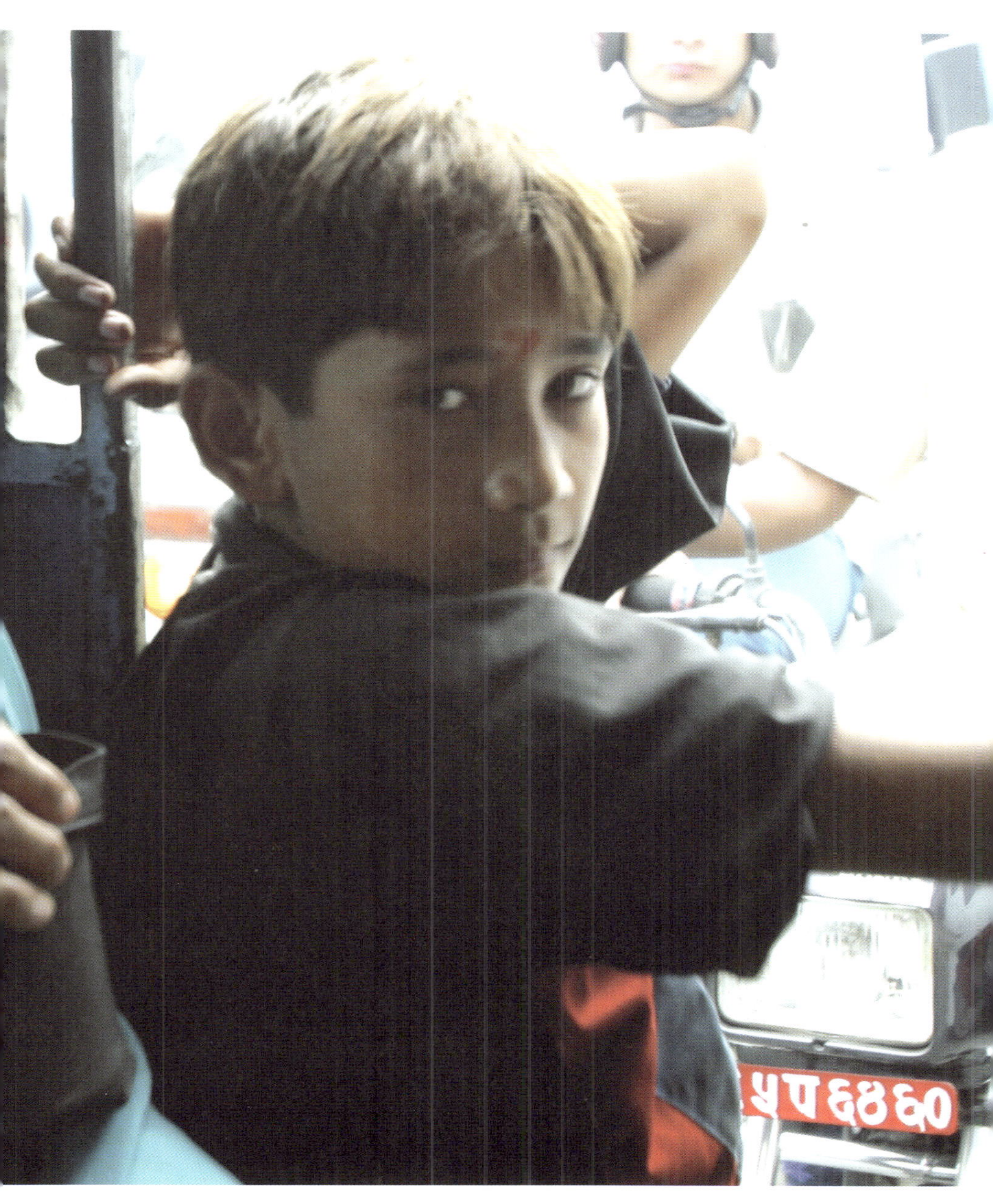

한 것이 아닐 수 없었다.

컬런키 사거리에서 템포에 탈 손님을 부를 때마다, 노점상 아저씨 목에 걸린 좌판 속의 시계가 얼마나 갖고 싶었을까. 템포를 몇 번이고 갈아타야, 오늘 하루의 빵과 잠자리가 해결되는 마당에 시계는 정말이지 엄두도 못 낼 물건 아니었을까. 빨간색, 파란색, 형광색의 시계가 얼마나 비스누람의 눈에 밟혔을까. 그래서 모처럼 이방인을 만난 것을 기화로 저걸 사 달래야지, 작심하고 나를 여기저기 안내했는지도 모른다.

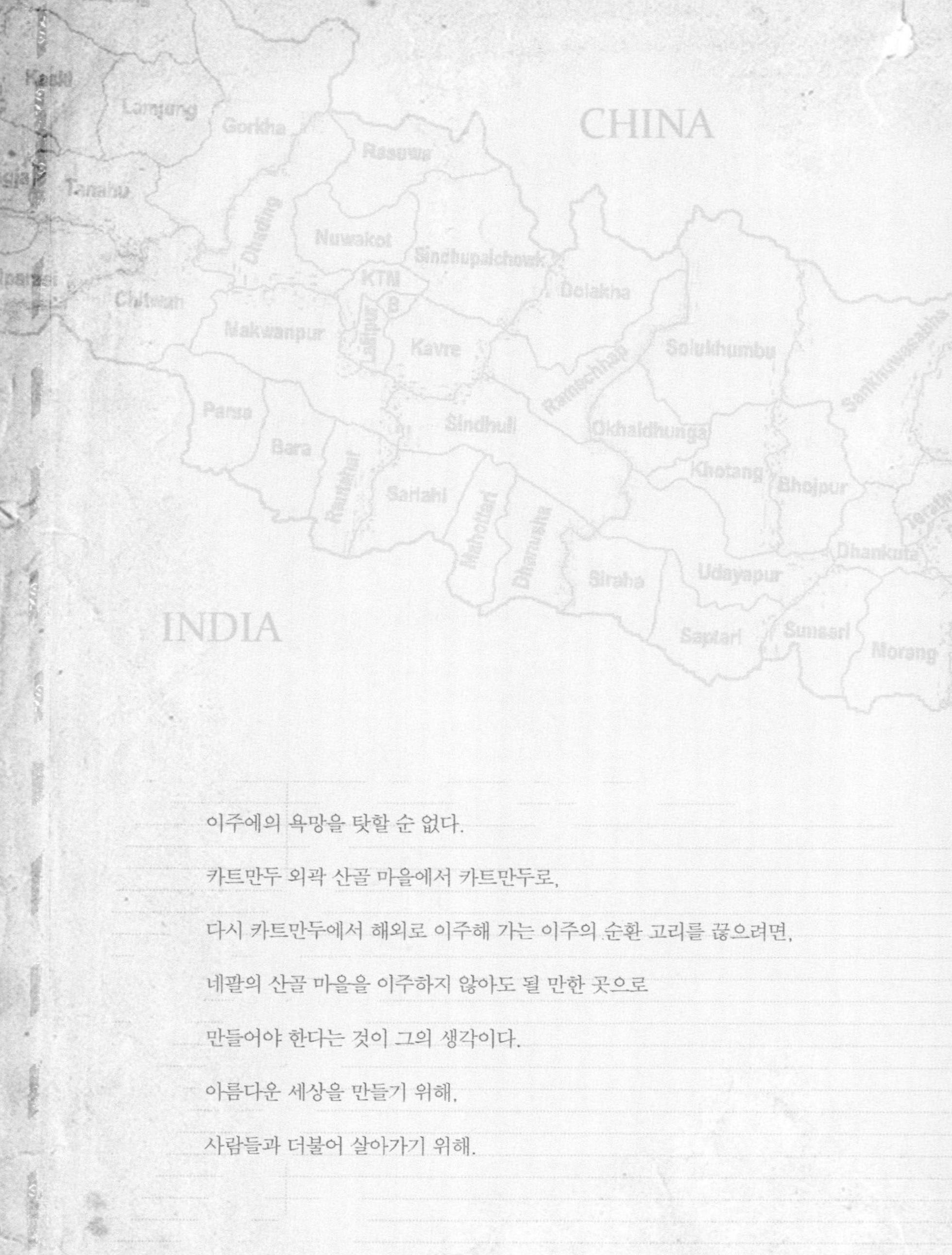

이주에의 욕망을 탓할 순 없다.

카트만두 외곽 산골 마을에서 카트만두로,

다시 카트만두에서 해외로 이주해 가는 이주의 순환 고리를 끊으려면,

네팔의 산골 마을을 이주하지 않아도 될 만한 곳으로

만들어야 한다는 것이 그의 생각이다.

아름다운 세상을 만들기 위해,

사람들과 더불어 살아가기 위해.

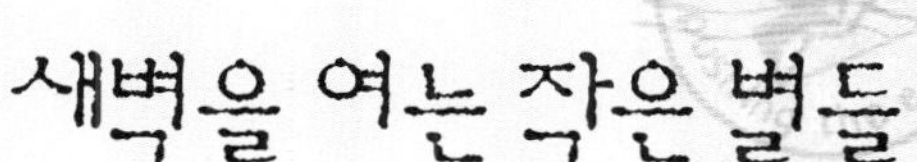

새벽을 여는 작은 별들

　　네팔에서 맞이한 첫 밤은 마치 대학생 시절 대학 신문사 사람들과 지리산 나환자 마을로 기동취재 갔을 때 묵었던 산청에서의 하룻밤 같았다. 아마도 저녁 무렵 만난 지리산 출신의 한 여학생 때문일 것이다. 호텔에 도착하자마자 일본으로 안부 전화를 걸었는데, 전화 연결이 잘 안돼 일본에서 걸려 올 전화를 기다리고 있을 때였다. 호텔 프런트 직원에게 아주 자연스럽게 네팔 말을 구사하는 친구가 눈에 들어왔다. 어째 일본 사람 같진 않고 해서, 영어로 고향이 어디냐고 물어봤다. 대뜸 한국말로 진주라는 대답이 돌아왔다. 예상치 못한 답이었다. 대학 시절에 부르던 '진주 난봉가'가 생각나, 그럼 남강을 아느냐고 재차 물어보았다. 그 친구는 피식 웃더니, 진주에 대해 물으면서 남강을 같이 묻는 사람은 처음

봤다고 했다. 물론 진주 난봉가란 노래 또한 한 번도 들어본 적이
없다고 했다.

그녀는 진주에 있는 국립대학 사회복
지학과 3학년 학생. 네팔에는 농활을
하러 왔다고 했다. 작년 1월 마오이스
트들과의 전쟁으로 네팔이 한참 시끄러
웠을 무렵, 네팔의 한 엔지오 단체를 통
해 카트만두에서 5시간 정도 더 들어가

는 시골에서 농활을 시작하려 했지만 그곳엔 들어가 보지도 못했
다고 한다. 네팔의 시골은 거의 대부분 마오이스트들과 접전 중이
거나 마오이스트들이 장악 중이어서, 하는 수 없이 카트만두 인근
지역에서 농활을 하게 되었다는 것이다.

이젠 한국 대학생들이 국내가 아니라 해외로 농활을 다니나 하
는 생각에, 한편 신기하기도 하고 흐뭇하기도 했다. 농활을 하기
시작한 마을의 촌장은 영어도 꽤 잘했던 모양이지만, 외국인을 통
해 마을을 번창시키려는 생각이 있었나 보다. 한국과의 어떤 사업
같은 것을 염두에 두고 농활 팀을 받아들였던 듯한데, 애초에 농
활 팀하고는 궁합이 맞지 않았던 셈이다. 『상록수』의 채영신 같은
마음만으로 움직여지는 세상이 지구상 어딘들 존재하겠는가.

결국 농활 팀은 산산조각이 났고 일부는 귀국, 자기는 그냥 인도

여행을 떠났다는 것이다. 그러고 나서 다시 그곳으로 돌아가 노동 단체 등에서 자원 활동도 하고 그랬다는데, 자신과의 싸움으로 많이 지쳐 있는 듯싶었다.

　이 친구 얘기를 꺼낸 건 '비하니바스티(새벽을 여는 집)' 때문이다. 경불련의 지인으로부터도 소개를 받았거니와 지리산 출신의 이 여학생이 그곳에서 자원 활동을 했다며, 자기가 꼭 안내하고 싶다고 며칠 동안 계속 비하니바스티 얘기를 꺼냈던 것이다. 카트만두에서 외곽으로 좀 떨어진 곳이라 템포를 탈까 했는데, 결국 택시를 타고 말았다.

새벽을 여는 집이라는 말을 듣는 순간 난 『새벽을 여는 사람들』이라는 박봉성 만화가 생각났다. 이름에서 바지런한 희망 같은 이미지가 묻어났는데, 비하니바스티란 불교에서 쓰는 용어였다. 네팔은 부처가 태어난 곳이라, 힌두교도도 많았지만 불교도도 적지 않았다. 비하니바스티는 한국의 원불교도가 세운 마을회관의 이름이었다.

그곳에선 한국에서 이주노동을 한 뒤 고향으로 돌아온 모나 구룽이란 친구가 실무를 맡아 일을 하고 있었다. 카트만두 외곽 산골 마을에서 카트만두로, 다시 카트만두에서 해외로 이주해 가는 '이주의 순환 고리'를 끊으려면, 네팔의 산골 마을을 이주하지 않아도 될 만한 곳으로 만들어야 한다는 것이 그의 생각이다.

산골 마을에서 카트만두로 이주해 간 아이들이, 나이가 듦에 따라 다시 해외로 이주해 가는 사이클 속에서 모나 구룽 역시 예외

가 아니었다. 이주하지 않아도 될 만한 마을을 만들기 위해 1999
년에 세운 비하니바스티는 회관 입구에 이렇게 그 뜻을 적어 놓았
다. "아름다운 세상을 만들기 위해, 사람들(피플)과 더불어 살아가
기 위해 비하니바스티를 만들다." 떠나지 않아도 될 만한 아름다
운 네팔 산골 마을을 만들어 가겠다는 어떤 결의 같은 것이 느껴
졌다.

> 임에게는 아까운 것이 없이 무엇이나 바치고 싶은 이 마음 거
> 기서 나는 보시를 배웠노라 임에게 보이고자 애써 깨끗이 단장
> 하는 이 마음 거기서 나는 지계를 배웠노라 임이 주시는 것이
> 면 때림이나 꾸지람이나 기쁘게 받는 이 마음 거기서 나는 인
> 욕을 배웠노라 자나깨나 쉴사이 없이 임을 그리워하고 임곁으
> 로만 도는 이 마음 거기서 나는 정진을 배웠노라 천하 하고 많
> 은 사람 중에 오직 임만을 사모하는……

비하니바스티 2층 입구에 걸린 이광수의 시 '애인—육바라밀을
쓰다'가 눈에 들어왔다. 원고지 모양의 장방형에 붓글씨로 쓰인
것이었다. '임'은 누구일까. 모나 구룽의 임은 '인욕人慾'을 가진
모든 사람들, 곧 '이주에의 욕망'을 지닌 모든 사람들 아닐까. 이
주에의 욕망과 마주한 비하니바스티, 아니 모나 구룽의 '인욕忍

辱' 수행은 그리 만만할 것 같지 않았다.

모나 구룽은 서글서글한 눈매에 무척 수더분한 인상이었다. 한국에서 이주노동을 했던 터라 한국어도 물론 유창하게 구사했다. 나중에 알게 된 사실이지만 네팔의 구룽족은 한국 사람들하고 외모가 아주 비슷해서 한국 사람들 사이에 섞여 있으면 네팔 사람들도 잘 구분해 내지 못한다고 한다. '찬드라 쿠마리 구룽'이라는 네팔 출신의 구룽족 이주노동자 이야기를 다룬 박찬욱 감독의 영화에도 그런 대목이 나오는데, 그 때문에 그녀는 정신 나간 사람

으로 오인받아 6년 반 동안이나 한국의 정신병원에 갇혀 있었다. 모나 구룽에게서 느껴지던 어떤 푸근함 혹은 연민의 감정 역시 비슷한 연유에서 생겨난 것인지 모른다.

❀ ❀ ❀

비하니바스티가 위치한 마을에는 약 7천 명 정도가 살고 있었다. 카스트제도가 엄격하게 적용되고 있었고, 종족 수도 어림잡아 80여 개나 된다고 한다. 마을 구성원들 간의 복잡다단하고 다종다양한 관계들이 듣기만 해도 머리가 어질어질하다. 게다가 마을 사람들의 95퍼센트가 50퍼센트의 소작료를 낸다고 하며 더욱 흥미로운 점은 마오이스트들을 피해 더 깊숙한 시골 마을에서 20여 명의 사람들이 이 마을로 피난을 와 있다는 것이었다. 50퍼센트의 소작료를 피해 훨씬 더 깊은 산골 마을로 도망가는 게 이치에 맞지 않을까 싶었다.

그 같은 환경하에서 비하니바스티가 대체 무슨 일을 할 수 있을지 자못 궁금했다. 그런데 비하니바스티는 아주 꿋꿋하게 나름의 일들을 해 나가고 있었다. 비하니바스티가 그 마을에서 하는 일

가운데 제일 중요한 것은 '우물' 파기와 '공중변소' 만들기였다. 기본적인 생활 문화가 갖춰진 곳에서 사는 사람들은 종종 우물이나 공중변소 등의 단어들에 함축되어 있는 어떤 절실함 같은 것을 잊은 채 살아간다. 나 역시 무척 낯설고 당황스러웠다.

공중변소는 마을 구석에 있었다. 두 개를 지었다는데 곧 하나를 더 지을 거라고 했다. 낯선 마을에 가서 제일 먼저 공중변소를 소개받은 셈이다. 박대했던 변소들의 반란 같기도 했다.

비하니바스티의 옥상으로 올라갔다. 빨래를 널면 금방이라도 마를 듯한 햇살이 눈부셨다. 그 땡볕 아래서 아이들이 축구를 하고

있었다. 맨발이었지만 아이들은 전혀 개의치 않았다. 다른 한쪽에선 우물을 파고 있었다. 땡볕에서 흘린 땀을 식혀 줄 우물물은 언제쯤 나올지.

강한 햇살을 활용하기 위한 태양열 전광판도 있었다. 옥상 한쪽에 세워진 태양열 집적기는 환경 문제를 의식해서가 아니다. 마을의 전기가 예고 없이 갑작스레 끊어지곤 했기 때문에, 회관의 원활한 전기 공급을 위해서 태양열 전광판은 반드시 필요했다.

마을 사람들의 자활을 위한 비하니바스티의 시스템 가운데 가장 눈에 띄는 것은 '양재洋裁 훈련장'이었다. 모나 구룽은 마을 사람들이 수십 대의 미싱을 밟으며 무척 열심이라고 귀띔해 주었다. 다품종 소량생산의 시대에 걸맞은 미싱 기술 혹은 의류 산업은 무척 소중할 듯했다. 한국이나 일본의 여성들 또한 유명 메이커의 큰 매장이 아닌 작은 가게에서 옷과 관련된 소품을 하나씩 장만해 가는 식이지 않은가. 문제는 판로였다. 공정 혹은 공생 무역이 구세주일지는 분명치 않았지만, 그 길 이외에 별다른 대안이 있을 것 같아 보이지 않았다.

바로 옆의 컴퓨터실을 둘러보았는데, 그다지 인기가 없다고 한다. 마을 사람들은 컴퓨터가 생활을 개선하는 데 직접적인 도움을 주지 않는다고 판단하는 모양이었다.

아래층의 비하니바스티 진찰실에선 방학 등을 이용해 한국 의료

팀의 시술이 있었다고 한다. 얼마 전에도 원광대 의대 팀이 와서 백내장 수술을 하고 갔다는 이야기를 들었다. 우물과 공중변소를 만들어야 하는 위생 상태라 의료 지원 활동은 다른 무엇보다 절실한 듯했다. 그러나 수술도 수술이지만 초보적 위생 상태에 적합한 예방의학 같은 것이 더 필요할지 모른다는 생각도 들었다.

프렘이라는 이름의 원불교 교무를 만났다. 진찰실 안쪽의 비하니바스티 사무실에 있던 그녀는 온화하면서도 강단이 있어 보였다. 프렘은 네팔어로 '사랑'이라는 뜻이다. 에로스보다는 플라토닉에 더 가깝다고 한다. 그녀는 히말라야가 마주 보이는 포카라라는 관광지에서 주로 활동하다가 최근 이곳으로 왔다고 이야기했다. 그가 비하니바스티에서 하려는 일은 이미 그의 이름 속에 다 들어 있었다.

하지만 프렘이란 원불교 교무만의 전유물이 아니다. 지리산 여학생도, 모나 구룽도 프렘의 울림을 품은 채 비하니바스티를 살아왔고 또한 살아갈 것이었다.

❀ ❀ ❀

숙소로 돌아왔다. 방문을 열다가 방 앞에 지폰트GEFONT에서

연락이 왔었다는 메모가 붙어 있는 것
을 발견했다. 지폰트는 '네팔노동조합
총연맹General Federation of Nepalese
Trade Unions'의 약자이다. 나의 통역
을 맡아 준 반쟈데 씨가 지폰트에서 활
동하고 있는 만쥬라는 여성 활동가를
한번 꼭 만나 보라며 지폰트에 연락을

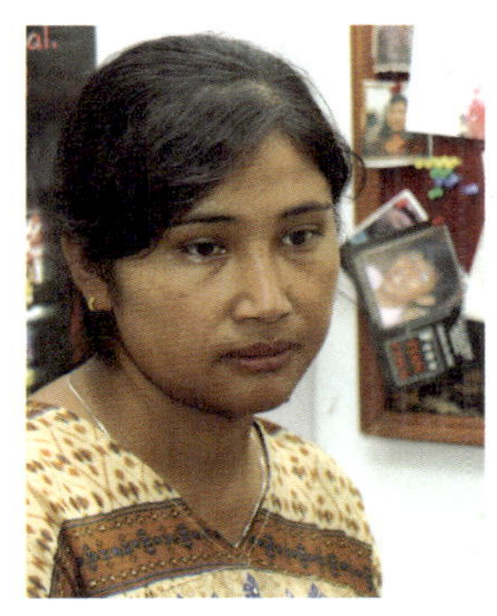

취한 적이 있는데, 만쥬 씨가 숙소 쪽으로 연락을 취한 것이었다.
그녀는 반쟈데 씨와 함께 한국에서 이주노동자로 일한 적이 있다
고 했다.

반쟈데 씨와 찾아간 지폰트 사무실에서 제일 먼저 눈에 들어온
것은 영어로 된 사회주의 관련 서적들이었다. 북한 지도자에 관한
서적들도 있었다. 지폰트는 네팔의 사회주의 정당과 직간접적으
로 연계되어 있는 모양이었다. 반갑다며 만쥬 씨와 악수를 했는
데, 맞잡은 손이 왠지 허전했다. 그녀 역시 반쟈데 씨처럼 한국에
서 산재를 입고 네팔로 돌아온 것이었다.

만쥬 씨의 안내를 받아 사무실 곳곳을 둘러볼 수 있었다. 깐깐해
보이는 지폰트 활동가 한 명을 소개해 주기도 했는데, 그는 나에
게 네팔 노동자 소식지들을 내밀었다. 아동노동에 관한 지폰트의
설명도 들을 수 있었는데, 그는 2천여 지폰트의 조합원을 대상으

로 실시한 아동노동에 관한 조사 결과를 친절하게 설명해 주었다. 조합원이 있는 사업장 어디에도 아동노동은 없었다고 한다. 노동조합이 있는 곳에는 아동노동도 존재하지 않았다는 것인데, 노동조합 조직 활동가다운 결론이었다. 솜씨 좋은 활동가란 인상을 받았다.

지폰트에서 확인된 아동노동은 두 가지였다. 하나는 '쓰레기 줍는 곳'의 아동노동이었고, 또 다른 하나는 '티 플랜테이션' 현장 쪽이었다. 원래 쓰레기 줍는 일은 네팔 카스트제도에서도 제일 하층에 속하는 사람들이 했던 일이라고 한다. 하지만 요즘은 계층보다 돈이 더 우선하는 시대라 다른 계층 사람들도 그 일을 하기 시작했다면서, 특히 아이들이 그 일을 많이 한다고 했다. 처음 쓰레기 줍는 곳의 아동노동 이야기를 듣는 순간 난 신의 아이들이 일한다는 필리핀의 쓰레기 산을 떠올렸다. 좀 더 이야기를 찬찬히 들어봤더니, 씨윈 헬프라인에서 소개받았던 비닐을 줍는 라비 반다리나 비제이 머걸과 크게 다르지 않은 것 같았다.

흥미로운 것은 티 플랜테이션 쪽이었다. 티 플랜테이션 현장은 카트만두에서 동쪽으로 한참 가야 하는데, 거의 부탄과의 국경 부근에까지 이르러야 한다고 했다. 특히 7~8월이 되면 계절적 노동자들이 그곳으로 몰려와 찻잎을 땄고, 아이들도 함께 그 일을 한다는 것이었다. 건기를 따라 이동하는 벽돌공장 노동자들과 비슷했다. 그러나 둘러보기에 그곳은 너무 멀었다. 다음을 기약할 수밖에 없었다.

지폰트의 젊은 활동가와는 '세계화'와 '비정규직 노동자', 그리고 네트워크를 통한 '반세계화 연대' 이야기까지 나누었다. 그러나 아래로부터의 세계화를 이야기한다고 해도, 그 대부분이 '대도시'를 중심으로 한 것이어서 앞서 언급한 티 플랜테이션과 같은 '농촌'의 경우는 어찌할 건지 무척 궁금했다. 아동노동 역시 우연한 결과물이라기보다 소작료가 50퍼센트를 넘는 봉건적 지주제 및 반노예적 플랜테이션 노동이 존재하는 네팔의 농촌 현실에 맞물려 있을 것 같은데, 이것이 대도시 카트만두 등을 중심으로 한

세계화의 진행과 어떻게 엇물리면서 '일하는 아이들'과 '일하는 어른들'의 이동을 촉진시켰는지 알고 싶어졌다. 이를 작동시키는 구체적인 시스템은 무엇이며, 이러한 고리를 끊기 위한 활동들은 또한 어떤 것이어야 할지 생각할수록 그저 막막하기만 했다.

❀ ❀ ❀

두루 인사를 하고 지폰트를 나서려 는데, 만쥬 씨가 잠깐 이리 와 보라며 나를 자신의 책상 앞으로 안내했다. 책상 서랍을 열었더니 그곳에는 아주 오래된 잡지가 한 권 들어 있었다. '산재를 입고 고향 네팔로 돌아간 사람들'이라는 커버스토리 활 자가 눈에 들어왔다. 고향으로 돌아간 이주노동자들을 다룬 한국 의 시사 주간지였다. 그리고 그 특집 기사의 주인공들이 다름 아 닌 지폰트의 만쥬 씨와, 나의 통역을 맡아 준 반쟈데 씨었다.

함께 지폰트 건물 밖 노점으로 치야를 마시러 나왔다. 지폰트 사 람들도 몇몇 자리를 같이했다. 치야를 받쳐 든 만쥬 씨의 손, 첫 번 째와 마지막 손가락만으로 치야를 받쳐 든 그 모습이 선명하게 눈 에 들어왔다. 박노해는 '손무덤'에서 '번영의 조국을 향락하는

트리부반 왕립대학교 중앙도서관

누런 손들'을 비판했지만, 만쥬 씨와 반쟈데 씨가 비판할 향락하
는 누런 손들을 지닌 코리아는 그들의 조국이 아니다. 있을 줄 알
았던 '드림'과 함께 그들의 손을 타향에 묻고 고향 네팔로 돌아온
것이다.

씨원에서 해리 포터를 닮은 한 아이가 암송했던 서사시 '무나
머던'이 떠올랐다. 노모와 부인을 집에 두고 라싸로 돈 벌러 갔다
가 결국 몸이 병들어 고향으로 돌아와 보니, 고향 집 역시 풍비박
산이 나 있었다는 머던의 이야기는 곧 만쥬 씨의 이야기이자 반쟈

데 씨의 이야기였다. 흘러간 과거의 서사시 같은 게 아니라 지금 현재 네팔의 서정시였다.

반쟈데 씨의 동생도 일본에서 일하고 있었고, 네팔 최고의 대학이라는 트리부반 왕립대학에서 만났던 젊은 친구들도 한국이든 일본이든 어디론가 떠나고 싶어 했다. 많은 네팔의 엘리트들이 머던처럼 네팔을 떠났고 또 떠나려 하고 있었다.

이주에의 욕망을 탓할 순 없다. 억누를 수 있는 것 또한 아니다. 무척 답답했지만 이들, 넉넉한 산골 마을을 만들려는 비하니바스티의 모나 구룽과, 꽤 괜찮은 도시 마을을 만들기 위해 지폰트에서 일하는 만쥬, 그리고 산재를 안긴 나라에 대한 원망 대신 그 나라의 말과 문화를 가르치는 반쟈데는 많은 것들을 시사해 주었다. 그들은 나라 밖에서 고향 마을로, 다시 해외 마을로, 다람쥐 쳇바퀴 돌듯 줄곧 뫼비우스의 띠 위의 길만을 살아가는 머던이 아니었다. 더 이상 머던이 되지 않으려는 그들의 의지가 어쩌면 그들을 뫼비우스의 띠로부터 벗어날 수 있게 했는지도 모른다.

❀ ❀ ❀

숙소로 돌아왔다. 못 보던 청년 하나가 인사를 하는데, 한눈에 한국 친구임을 알아볼 수 있었다. 대학은 휴학하고 중국과 인도

등지를 돌아보고 있는 중이라는 그는 자원봉사 활동을 할 곳도 아울러 찾고 있는 눈치였다. 지리산 출신의 여학생이 대뜸 비하니바스티가 어떻겠느냐고 하니까, 잠시 망설이더니 흔쾌히 오케이를 했다.

잘하는 건 컴퓨터밖에 없는데, 비록 반년간이긴 하지만 비하니바스티가 있는 동네 사람들 컴퓨터 교육은 자기가 책임지겠다며 씩 웃었다. 1980년대식 비장감 같은 건 전혀 찾아볼 수가 없었기에, 이런 게 이른바 신세대식 활동 방식인가 싶어 무척 신기했다.

생각난 김에 그 친구의 비하니바스티 입문을 축하하는 의미에서 다

같이 한잔하자며 자주 가던 티베트 식당 '작은 별'을 찾았다. 곧 한국으로 돌아갈 지리산 여학생, 이번 여정의 나침반이었던 반쟈데 씨, 그리고 정 형도 함께했다. 정 형은 예전에 부직포 만드는 회사에서 기계 안으로 작업복이 말려들어 가는 바람에 팔을 크게 다친 적이 있었는데, 이번에 내가 네팔의 난장이들을 만나러 간다니까, 자기보다 더 작은 난장이들이 있는지 보고 싶다며 기꺼이 동행 제안을 받아들였다. 네팔에 다녀온 뒤엔 실업 문제 해결을 위해 만들어진 회사에 들어가, 여기저기 식당에서 잔반을 모아 돼지 키우는 일을 하기도 한 정 형은, 기꺼이 젊은 친구의 비하니바스티 입문을 축하하기 위한 자리에 참석해 주었다.

　열정을 꽃으로 피워 내지 못한 채 물러서는 젊음이 있는가 하면, 새롭게 도전하는 젊음도 있었다. 상처 입은 몸을 한 채 난장이 마을을 찾는 벗이 있는가 하면, 상처 입힌 나라의 말을 가르치는 아름다운 벗도 있었다.

　둥그런 나무술통에 담긴 따뜻한 술 퉁바를 빨대로 마시면서, 우리는 지섭을 본받으려는 '작지만 큰' 친구를 향해 건배했다. 한창 자리가 무르익을 무렵 네댓 명의 젊은 서양 친구들과 합석하게 되었는데, 그 서양 친구들의 벗이 벨기에 청년 리크만스라는 것을 알기까지는 그리 오랜 시간이 걸리지 않았다. 방학 기간 동안 함께 볼런티어 활동을 하기 위해 리크만스를 찾아 네팔에 온 친구들이었다.

　타멜에서 가장 싸고 맛있는 술집을 찾는 사람들끼리는 뭔가 통하는 게 있는 것 같았다. 뒤늦게 합류한 리크만스와 더불어 우리는 밤늦게까지 퉁바를 마셨다. 작은 별들이, 난장이가 쏘아 올린 작은 별들이, 가득 그들 머리 위로 쏟아져 내렸다.

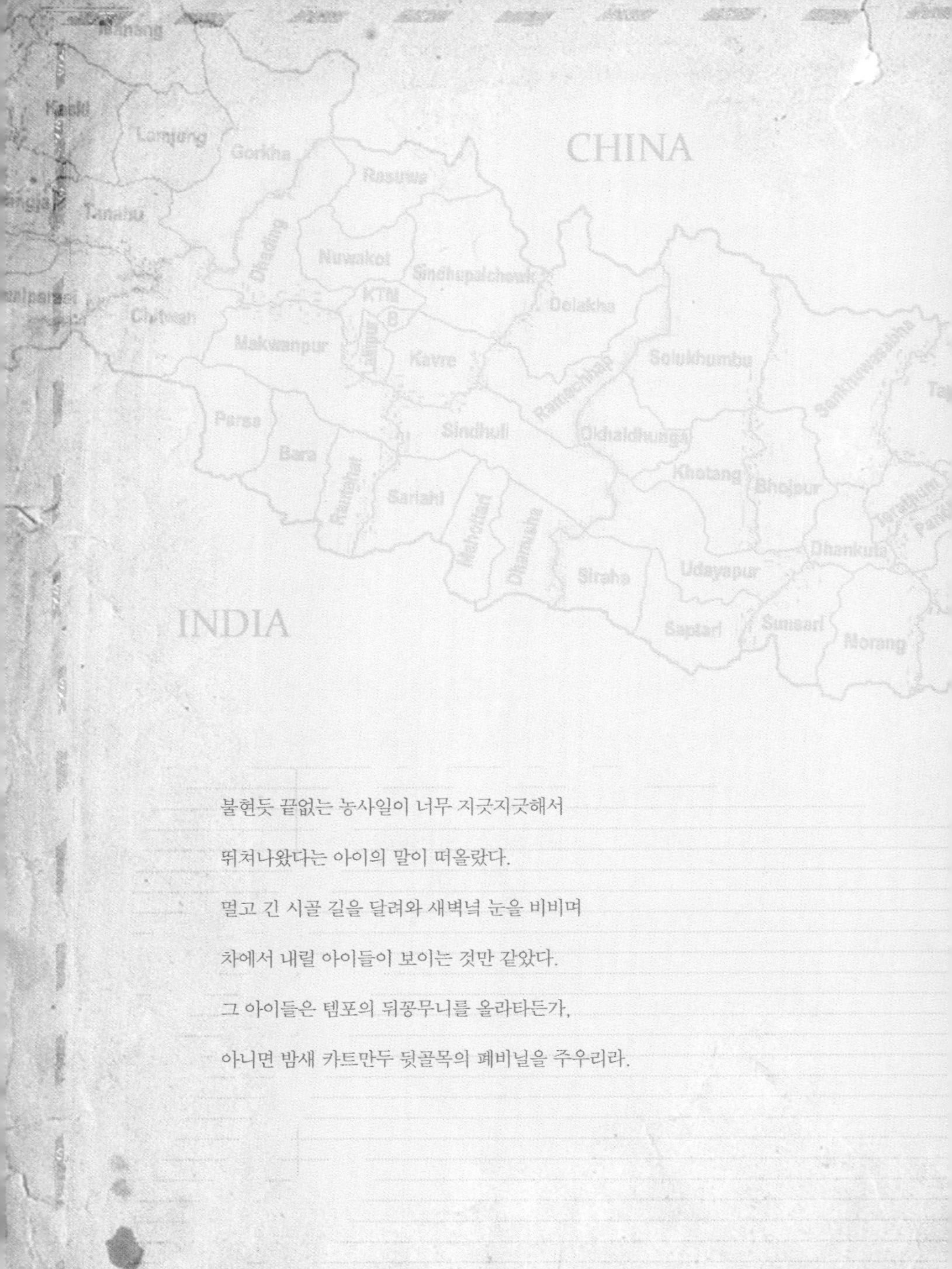

불현듯 끝없는 농사일이 너무 지긋지긋해서

뛰쳐나왔다는 아이의 말이 떠올랐다.

멀고 긴 시골 길을 달려와 새벽녘 눈을 비비며

차에서 내릴 아이들이 보이는 것만 같았다.

그 아이들은 템포의 뒤꽁무니를 올라타든가,

아니면 밤새 카트만두 뒷골목의 폐비닐을 주우리라.

터미널, 이주를 품다

나가르코트에 가기로 했다. 지리산 여학생과, 새로 비하니바스
티에서 일하게 된 친구, 정 형 그리고 나, 그렇게 넷이서. 카트만두
시내만 보고 가서는 안 될 것 같아, 멀리 히말라야가 내다보인다
는 카트만두 인근의 나가르코트라는 곳을 다녀오기로 한 것이다.
공해에 찌든 카트만두를 벗어나 진짜(?) 네팔로 가는 듯한 기분이
었다.

터미널로 가는 길에 네팔자유학생연합이라는 단체 사무실이 있
었는데, 유독 그 부근에 신문 파는 사람들이 많았다. 신문을 보기
위해 삼삼오오 모여든 사람들 모두 무척 진지해 보였다. 2층 창틀
에 걸터앉아 심각하게 신문을 읽는 사람, 자전거를 타고 가다 멈
춰 선 채 곁눈질로 신문을 보는 사람 등등. 네팔의 수도 카트만두

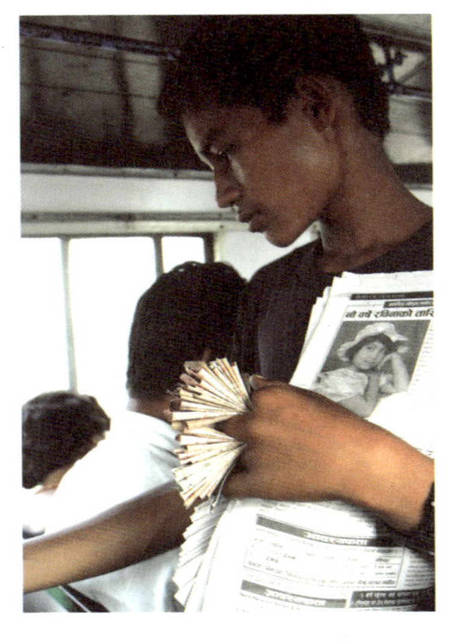

에서 정치와 언론 없이 살아
간다는 건 불가능한 게 아닐
까 하는 생각이 들기도 했다.

지금은 일단락되었지만 당
시만 해도 아직 내전 중이었
으니, 정치에 민감한 건 당연
하지 싶었다. 우리들의 1980
년대가 그랬듯이 '정치'와
'생활'이 어우러져 한 덩어
리의 신문이 되고, 그 신문들

이 카트만두 시내의 골목골목을 누비고 다니는 것 같았다. 나가르
코트로 가는 버스 안에서도 신문 파는 아이를 만날 수 있었는데,
신문이 얼마나 잘 팔리는지 그 친구는 거스름돈을 미리 준비해 손
가락 사이에 줄줄이 끼운 채 신문을 팔고 있었다.

나가르코트를 가려면 박타푸르에서 버스를 갈아타야 한다기에,
갈아탈 버스를 기다리는 동안 박타푸르 터미널 부근을 잠시 둘러
보기로 했다. 터미널 부근은 마치 작은 시골 장이 열린 것 같은 분
위기였다. 야채, 곡식, 기타 잡화들이 널려 있었는데, 그 주위를 붉
은 옷을 입은 여인들이 삥 둘러싼 채 흥정하고 있었다.

네팔은 종교 관련 축일과 휴일이 무척 많다. 카트만두 시내에서

Daimler-Benz

종교 행사에 참석하려는 여인들이 종종 붉은 옷을 입고 거리를 오가는 것을 본 적이 있는데, 시골에서도 마찬가지였다. 빨갛고 노란 원색 버스와 여인들의 붉은 옷이 굉장히 눈부셨다.

부근의 낚시하는 곳까지 다녀온 듯한 사람들도 있었는데, 나는 터미널의 찌그러진 나무평상에 앉아 꽤 오랜 시간을 버스와 버스에 타는 사람들 구경을 했다. 음악 시디와 테이프를 파는 곳도 둘러보았다. 무척 지루한 와중에 곧 나가르코트 가는 버스가 출발한다고 했다. 버스는 마을 사이를 잠시 달리는 듯싶더니 이내 구불구불 산길을 향해 올라갔다.

❀ ❀ ❀

나가르코트는 히말라야의 큰 산들에 비하면 보잘것없이 느껴지는데, 그래도 꽤 높은 산이라 가는 길이 만만치 않았다. 버스도 꽤 힘들어했다. 버스 안은 만원이었지만, 사람들의 표정은 무척 밝고 순박해 보였다. 우리들한테도 웃음을 건네며 밝게 미소 지었다. 느리게 올라가는 버스 창밖으론 수줍어하는 아이들의 모습과, 멀리 맨발로 축구를 하는 아이들의 모습이 보였다. 산등성이에 만들어진 작은 평지였지만 풀숲 위여서 그런지 발이 아플 것 같진 않았다.

　버스는 오르막길을 무척 힘들어하더니, 끝내 도중에 멈춰 섰다. 합작한 벤츠 회사의 버스였는데, 높은 산을 힘들어하는 건 벤츠라고 예외가 아닌 모양이었다. 잠시 내려 바깥 경치를 구경하려는데, 놀랍게도 버스 지붕 위에까지 사람이 빼꼭히 올라타 있었다. 그 꼬불거리는 비탈길을 저 지붕 위에서 매달려 왔던 거였다. 그런데도 지붕 위의 사람들은 전혀 지친 기색이 아니다. 우리 일행 중 가장 젊은 친구가 자기도 버스 지붕 위로 올라가겠다며 버스 사다리 쪽으로 다가갔지만, 아무도 비켜 주지 않자 그만 포기하고 말았다. 지붕 위 자리가 좀 위험해 보이긴 해도, 산 구경 하기에는

그 이상의 명당자리가 없겠지 하는 생각이 들었다.

비싼 데는 빌리지 못하고 좀 널찍한 2층 다락방 하나를 간신히 구했다. 짐을 다 내려놓고 주변 경관을 둘러보기 시작하자, 어디서 몰려왔는지 금세 구름이 하늘을 뒤덮고선 갑자기 소나기를 쏟아부었다. 산속 날씨는 정말이지 알 수 없구나 싶었다. 소나기가 그치더니 이번에는 숙소인 오두막집 뒤편으로 커다란 무지개 하나가 그려지는 것이 아닌가. 산등성이 하나를 떡하니 차지한 모습이 무척 근사해 보였다.

인근엔 고급 별장들이 여럿 있었는데, 아주 오래된 듯한 그 별장들을 구경하는 재미도 꽤 괜찮았다. 멀리 구름 너머 히말라야의 산들 사이로 지는 석양을 경이로운 눈으로 바라보면서 우리는 이 땅에 발 딛고 사는 모든 사람들의 삶 역시 이처럼 아름답기를 기원했다.

밤이 되자 오두막집이 다 부서질 정도로 비바람이 몰아쳤다. 주위엔 불 한 점 없이 캄캄한데, 지붕과 벽 쪽에선 판자들이 바람을

이기지 못하고 밤새 덜컹덜컹 신음소리를 냈다. 하는 수 없이 아래 식당에서 빌린 '옴마니 옴마니' 하는 음악 시디를 틀어 놓고서야 간신히 잠을 청할 수 있었다.

✿ ✿ ✿

일출을 보지 못해 좀 안타까웠다. 비는 오지 않았지만 여전히 구름이 많았다. 구름은 무척 변화무쌍해서 바로 앞의 사람도 분간하지 못할 정도로 우리를 감싸는가 하견, 또 금세 저편 산등성이 너머로 밀려가곤 했다.

　등산을 할 것도 아니었기에, 우린 아침 일찍 산을 내려가기로 했다. 대신 버스를 타지 않고 걸어서 가기로 했는데, 도중에 적당한 마을에서 버스를 잡아타기로 했다. 어제는 꽤 걸어 올라간 것 같았는데 내려가는 길은 금방이어서, 숙소에서 조금 내려왔는가 싶더니 바로 나가르코트의 터미널 마을이었다.

　학생들이 학교 가는 시간이었는지, 마을 입구엔 교복 입은 아이들이 많이 눈에 띄었다. 연필 한 자루만 달랑 쥔 채 가방도 없이 노트 대신 몇 장의 시험지 종이만을 들고 걸어가는 아이, '아디다스'라는 로고가 선명한 가방을 들고 넥타이까지 분명하게 맨 중고등학교 선배들, 교복의 윗주머니는 뜯어졌어도 책보만은 확실하게 싸서 들고 가는 아이 등등. 넉넉해 보이진 않았지만 학교 가는 길이 무척 행복하고 즐거운 듯했다. 교복은 입었지만 어깨에 잔뜩

짐을 진 채 등굣길의 학생들과는 반대쪽으로 걸어가는 아이들도 있었다. 그 아이들 뒤편으로 이곳이 관광지 나가르코트임을 알리는 우뚝 솟은 호텔과 은행, 레스토랑의 선전 입간판들이 눈에 들어왔는데, 이들 관광지 입간판이 바로 어깨에 짐을 진 저 아이의 등굣길을 불러 세운 게 아닌가 하는 생각이 들었다.

조금 더 아래쪽으로 내려가다가 제법 큰 식당 주변에 학교 가던 아이들이 빙 둘러서 있기에 뭔가 하고 들여다봤더니, 식당에서 틀어 놓은 텔레비전을 시청하기 위한 것이었다. 텔레비전이 뿜어내는 불빛에 일희일비하며 고개를 뺀 채 서 있는 아이들을 보면서, 저 텔레비전이 이 아이들을 머지않아 카트만두로, 해외로 불러내겠지 싶었다. 관광지라 다른 농촌 마을에 비해 수입도 괜찮고 그래서 학교에 다니는 아이들도 상대적으로 많았지만, 바로 그 관광지라는 점이 아이들을 도시로 내모는 것 같았다.

나가르코트 터미널 옆 버스 정류장엔 오지 않는 버스를 기다리느라 지칠 대로 지친 아이들. 배를 쑥 내밀고 인상을 쓴 아이, 턱을 괸 채 초점 없는 눈으로 하염없이 먼 산을 바라보는 아이들이 보였는데, 이 아이들 중 몇몇은 이미 카트만두까지 가는 버스 편을 머릿속으로 상상하고 있을지도 모른다는 생각이 들었다.

나가르코트 터미널이 있는 마을을 빠져나오면 산과 산 사이로 버스 길 하나만이 달랑 이어지는데 그 길이 꽤 좋았다. 돌산을 기어오르는 흑염소, 방목되고 있는 말과 검은 소들. 검은 소 떼는 찻길까지 나와 지나가는 차들의 통행을 종종 막아서기도 했는데, 이들이 모두 이동한 다음에야 자동차는 움직일 수 있었다. ‘느림’

혹은 '지속 가능한'과 같은 용
어가 어울리는 대목이었지만,
이상하게도 '따분함' 혹은 '넉
넉지 못함'이란 단어가 먼저
떠올랐다.

혼자 울고 있는 아이. 부모는
일 나가고 없고 그래서 아이들
둘이서 집을 지키고 있는 모습.
양철 우유 통에 우유를 담아 그

걸 경운기에 다시 옮겨 담는 사람들. 불현듯 끝없는 농사일이 너
무 지긋지긋해 나가르코트에서 박타푸르로 뛰쳐나갔다는 비스누
람의 말이 떠올랐다. 그 길이 바로 카트만두의 아동노동에 이르는
길이었던 것이다.

그 길을 따라 한참을 내려오다 우리 일행은 버스 길 옆 공터에
달랑 서 있는 식당 건물을 한 채 발견했다. 영업을 하고 있는 것 같
진 않았는데, 바로 그 건물 앞에 서 있던 두 아이들이 우리 일행을
보자 "나마스테(안녕하세요)!" 하며 인사를 건네고는 곧바로 이마
에 손을 갖다 붙였다. 우리들도 따라서 "나마스테!" 하고 돌아서
려는데, 그 아이들 뒤에 선 레스토랑 전체가 붉은색 코카콜라 광
고로 도배되어 있는 게 눈에 들어왔다. 네팔의 산골 마을에 길이

나면, 제일 먼저 코카콜라하고 인신매매범이 들어온다던 모리시게 유코의 말이 갑자기 생각났다. 지구촌 어디에도 상품화의 예외인 곳이 없겠지만, 이곳 네팔 산골 마을의 상품화는 코카콜라의 융단폭격으로부터 시작되는 것 같았다.

❀ ❀ ❀

마지막 날.

네팔을 떠나야만 했다. 짐을 꾸리고 카트만두 공항으로 가는 택시에 올라, 카트만두의 번화가 타멜을 거쳐 왕궁을 지날 즈음이었을까. 비스누람과 함께 템포에 올라탔을 때처럼 바람이 택시 안으로 밀려들어 왔다.

멀리 뉴버스터미널이 보였다. 멀고 긴 시골 길을 달려와 새벽녘 눈을 비비며 차에서 내릴 아이들, 공포에 질린 두 눈을 두리번거릴 아이들이 보이는 것만 같았다. 그 아이들은 비스누람처럼 템포의 뒤꽁무니를 올라타든가, 아니면 비제이 머걸처럼 밤새 카트만두 뒷골목의 폐비닐을 주울 것이다.

택시는 뉴버스터미널을 뒤로하고 공항을 향해 달리기 시작했다. 짐을 꾸릴 때 발견했던 한 장의 사진, 채석장에서 찍은 해머를 든 소녀의 사진 한 장이 생각났다. 웃는 듯 우는 듯 한 눈. 한참 동안

Close up
मुना
मेरी कोलगेट
Colgate

कालो धुवाँले क्यान्सर र दम निम्त्याउँछ।
सवारी साधनलाई मर्मत गरेर मात्र चलाऔं।
सर्वसाधारणको हितको निमित्त
उपत्यका ट्राफिक प्रहरी कार्यालय
ट्राफिक सप्ताह २०५७

그 소녀의 눈을 들여다보고 있었는데, 그 소녀의 얼굴 뒤편으로 한국에서 산재를 입고 돌아온 만쥬의 얼굴이 오버랩 되었다. 뉴버스터미널이 애인을 뒤로하고 카트만두의 삼촌을 찾아 올라왔을 그 소녀의 기착지였다면, 공항은 그 소녀가 만쥬의 뒤를 따라 해외로 떠날 또 다른 기착지일 것 같았다.

그 아이가 채석장에서 불러 주었던 '흙 그릇에 핀 꽃'이라는 노래가 생각났다. "흙 그릇에 꽃을 심어서, 꽃이 피었어요, 거멀라마 자이. 아름다운 꽃을 보면서 기다리라고, 거멀라마 자이. 나는 떠난다고…… 나는 가는데, 기다려 달라고……."

정말이지 나도 그렇게 노래하고 싶었다. 기다려 달라고. 카트만두의 아름다운 꽃 거멀라마 자이들에게 기다려 달라고. 폐비닐 더미 위에서 행복한 미소를 띠던 거멀라마 자이들에게, 달 뜨는 집에서 손으로 달커리를 비비던 하얀 꽃들에게, 산재를 입고 네팔로 돌아와 새롭게 새벽을 열어 가려는 거멀라마 자이들에게, 기다려 달라는 말 이외에는 아무런 단어도 떠오르지 않았다.

나는 가는데, 기다려 달라고…….

기다려 달라는 말 속엔 게으름, 연민과 함께 어떤 다짐 같은 것도 들어 있다. 사실 한 번도 잊은 적이 없다. 달 뜨는 집의 비스누람을 다시 만나기 위해, 채석장에 핀 하얀 꽃 거멀라마 자이 프리란치를 다시 만나기 위해 단 하루도 게으름을 피울 수 없었다.

그러기를 7년. 얼마 전 내가 적을 둔 대학에서 작은 영화제를 열 수 있었다. 두 번째를 맞는 '동아시아이주공생영화제'. 한국과 일본으로 이주해 온 동아시아 사람들 이야기를 다룬 영화들을 모은 행사이다. 이제 그들에게 돌아갈 작은 모종을 준비한 셈인가.

영화는 말과 글이 서로 다른 동아시아의 우리들을 이어 줄 소중한 통로 아닐까 싶다. 그렇다면 이제는, 구마모토를 비롯한 일본의 규슈 지역 마을들을 돌고, 한국의 크고 작은 마을들을 돌아, 카트만두에서, 비하니바스티와 컬런키의 달 뜨는 집에서 작은 이주공생영화제를 열 수 있을까.

영화가 오가면, 그래서 비슷한 꿈이 함께 영글어 가면, '이주'로 오고 간 '사람'의 자리를 대신해, 땀 흘려 만든 '물건'들이 오고 갈 것이다. 이를 '공생무역'이라 부를 수 있으리라.

한국에서 산재를 입었던 반쟈데 씨의 후배가 일본의 포도농장에서 포도 재배법을 배우고, 삼륜차 템포의 안내남 비스누람의 후배가 그의 고향이던 아름다운 나가르코트 한쪽에서 그 재배법으로 포도밭을 일군다면, 그래서 그 포도를 와인으로 만들어 일본 구마모토의 식탁과 한국 경기도의 어느 식탁 위에 올려놓을 수 있다면, 그럴 수만 있다면 나가르코트에서 카트만두로, 카트만두에서 해외 도시로 이어지던 아동노동과 이주노동의 악순환을 끊어 낼 수 있지 않을까.

꿈만 같다. 하지만 적어도 내가, 중국과 베트남에서 만든 옷을 입고 있고, 인도네시아 출신의 일본 이주노동자가 만든 가다랑어를 먹으며 살아가는 한, 그들이 흘린 값싼 땀방울에 미안함과 고마움을 느끼며 살아가는 한, 그것은 단지 꿈이어서는 안 된다.

기다려 달라고 했지만 사실 너무 오래 기다렸을 것이다. 컬런키에 있던 달 뜨는 집의 벨기에 청년은 고국으로 돌아갔다고 하고, 한국에서 산재를 입고 네팔로 돌아와 지폰트에서 일하던 만쥬 씨

역시 다시 한국으로 나와 공부를 하고 있다고 한다. 그때 만난 아이들도 이젠 모두 성년식을 치렀거나 곧 치를 것이다.

미안한 마음보다 나의 무능함에 그저 가슴이 아플 뿐이다. 지금은 무엇들을 하고 있을는지. 얼마 전 서울에서 만난 만쥬 씨는 그 아이들의 근황은 잘 모르지만, 얼굴만 바뀌었을 뿐 여전히 링로드 부근의 아이들은 폐비닐을 줍고 있고, 사원 처마 밑의 아이들은 그곳에서 선잠을 청하며, 컬런키 아이들은 "컬런키! 컬런키!" 하고 승객들을 부르고 있다고 일러 주었다.

아직… 카트만두에서의 이주 · 공생에 관한 작은 영화제와, 포도농장과, 동아시아공생문화센터 지정 공식 와인에의 꿈을, 그곳의 또 다른 난장이들에게 이야기해도 늦지 않을 것 같다. 새로운 만남에 다시 가슴이 뛴다.

구마모토에서

신명직